Unser Lehrer Mr. G

Atillâ Aktaş

Impressum

Copyright © 2023 Atillâ Aktaş

Covergestaltung:

Illustration: Jule Lechelt-Kube

Cover Design: Deniz Gönüllü, DG Media www.dgmediadesign.de

Foto des Autors: © Cem Güneş www.cemguenes.com

ISBN: 979-8392030026

Atillâ Aktaş, Marienfelder Allee 29, 12277 Berlin

mail@atilla-aktas.com

Website: www.atilla-aktas.com

Bibliographische Informationen der Deutschen Nationalbibliothek

Die Deutsche Nationalbibliothek verzeichnet diese Publikation in der Deutschen Nationalbibliografie; detaillierte bibliografische Daten sind im Internet über http://dnb.dnb.de abrufbar.

annem için

für meine Mutter

INSPIRIERT VON WAHREN BEGEBENHEITEN

INHALT

INTRO

Als ich noch Schüler war, wurden mir immer wieder diese Fragen gestellt:

»Bist du Türke?«

»Woher kommst du aus der Türkei?«

»Bist du Türke oder Kurde?«

»Bist du Moslem?«

»Bist du Alevit oder Sunnit?«

»Fühlst du dich mehr türkisch oder mehr deutsch?«

Seitdem ich selbst vor Schulklassen stehe, zuerst als Vertretungslehrer, nun als voll ausgebildeter Lehrer, werden mir immer wieder *diese* Fragen gestellt:

»Sind Sie Türke?«

»Woher kommen Sie aus der Türkei?«

»Sind Sie Türke oder Kurde?«

»Sind Sie Moslem?«

»Sind Sie Alevit oder Sunnit?«

»Fühlen Sie sich mehr türkisch oder mehr deutsch?«

»Sind Sie Spanier?«

Bis auf die letzte Frage, die Höflichkeitsform und die Erweiterung des Kreises der Fragenden hat sich über all die Jahre nichts verändert. Warum sollte es auch? Auch heute, 26 Jahre später, haben Jugendliche wie auch wir Erwachsenen immer noch dasselbe Bedürfnis: uns selbst zu definieren. Die Suche nach der eigenen Identität wirft viele Fragen auf. Fragen, die man nicht nur sich selbst, sondern auch anderen Menschen im persönlichen Umfeld stellt, um in der Abgrenzung ein besseres Verständnis für sich selbst und von der Welt zu entwickeln. Dabei nutzen wir oftmals noch Kategorien und Labels, die uns das Leben einerseits einfacher machen, aber andererseits die Perspektive einschränken, der Komplexität des menschlichen Seins nicht gerecht werden und leider oftmals, wenn auch nicht bewusst oder mutwillig so intendiert, faktisch diskriminieren und ausgrenzen.

Als mir die Fragen aus meiner eigenen Schulzeit nun als Erwachsener, in einer anderen Rolle - als Lehrkraft – wiederbegegneten, wurde ich in meine Vergangenheit zurückkatapultiert. Meine Schülerinnen und Schüler hielten mir einen Spiegel vor. Ich fing an, über mich nachzudenken, meine diversen Identitäten und Rollen, die ich im Laufe meines

Lebens einnehmen durfte – zuerst als Sohn, dann als Schüler und später als Lehrer, Vater und Ehemann – zu reflektieren und auch meine Gegenwart, mein aktuelles Umfeld mehr zu beobachten. Ich begann meine Gedanken zu verarbeiten. Das Resultat liegt nun vor: *Unser Lehrer Mr. G.*

Die verschiedenen Kapitel beschreiben einzelne, individuelle Geschichten und Schicksale und zugleich greifen sie Themen wie Liebe, Familie, Religion, Freundschaft, Zugehörigkeit, Identität, Missbrauch, Mobbing, Gewalt, Diskriminierung und Sucht auf, die mich und uns alle betreffen. Von daher steckt in jedem Kapitel, in jeder Geschichte und jedem Schicksal ein Teil von mir und vielleicht ja auch von dir oder Ihnen?

Genau darin liegt meine Absicht: Mit diesem Buch zu zeigen, dass wir trotz aller äußeren Merkmale und vermeintlichen Unterschiedlichkeiten vieles gemeinsam haben, dass wir über die einzelnen Schicksale und Historien hinaus verbunden sind und dass es sich lohnt über den Tellerrand zu schauen. Aus meiner Sicht ist dies gerade im Umgang mit Jugendlichen von größter Bedeutung: Denn die oben genannten Themen, gerade die Suche nach der eigenen Identität, bringen neben schönen Erlebnissen auch Konflikte mit sich. Konflikte, die bei den Jugendlichen ein bestimmtes Verhalten erzeugen, das dann unter Erwachsenen meist sehr emotional und manchmal auch einseitig diskutiert wird.

Als Lehrer kenne ich beide Seiten der Medaille und sehe auf der einen Seite die Schülerinnen und Schüler, die mit ihren Unsicherheiten und Problemen auf der Suche nach sich selbst kämpfen. Auf der anderen Seite sehe ich die Erwachsenen, die lernen dürfen, mit den Reaktionen der Jugendlichen auf die Konflikte umzugehen und die dabei auch sich selbst, ihre inneren Konflikte und die damit einhergehenden Emotionen, näher kennenlernen können. Mit diesem Buch möchte ich auf beiden und für beide Seiten mehr Verständnis wecken, indem ich einen wechselseitigen Perspektivwechsel herstelle.

Ich verfolge also mit dieser Lektüre einen gewissen persönlichen Lehrauftrag, bei dem ich selbst auch Lernender bin. In diesem Sinne sind auch die Vokabeln und eine Übersicht mit den Bedeutungen der verwendeten Namen, die diesem Buch angehängt sind, zu verstehen.

Lasst uns einfach nie aufhören, von- und miteinander zu lernen.

Atillâ Aktaş

Berlin, 20. März 2023

ADISA

»Du bist du. Nur du bist du. Niemand anderes lebt und fühlt wie du«, erklärte ihm sein Baba, als sie von einem Fahrschein-kontrolleur angesprochen wurden.

»Fahrausweise bitte.«

»Kommt sofort. Ich habe mich nur gerade mit meinem Sohn unterhalten.«

»Ihr Sohn?«

»Ja, mein Sohn. Sieht man doch.«

Der Kontrolleur zuckte mit den Schultern, schaute auf die Fahrausweise und ging weiter.

Sein Baba hatte ihn damals zum ersten Mal in der Öffentlichkeit als seinen Sohn bezeichnet. Diese Situation, nach der Schule in der U-Bahn auf dem Weg nach Hause, würde er nie vergessen. Für Adisa war er sein zweiter Vater, sein Baba. Das bedeutete nicht, dass er an zweiter Stelle stand, sondern tatsächlich sein zweiter Vater war. Er hatte zwei Väter. Einen Vater und einen Baba.

Sein Vater lebte in Ghana. Er habe nicht sie, er habe Deutschland verlassen. Das stellte Adisas Mutter immer wieder über all die Jahre, seit er fortgegangen war, klar. Immer verteidigte sie ihn, wenn Adisa seinen Vater kritisierte oder sie merkte, dass er traurig war. Sie könne seine Entscheidung sehr gut nachvollziehen, sagte sie dann. Adisa konnte das nicht. In seinen Augen hatte er nicht nur seine Mutter, sondern vor allem ihn verlassen. Deshalb wollte er auch die Briefe seines Vaters nicht lesen, von denen er jedes Jahr pünktlich zu seinem Geburtstag einen erhielt.

Er hatte eine lange Zeit auf ihn gewartet. Er wollte die Hoffnung nicht aufgeben. Er dachte: Er wird mich vermissen. Irgendwann wird er mich so sehr vermissen, dass er zurückkommt. Doch dies passierte nicht und irgendwann hatte er aufgehört zu warten.

Er wuchs in einer glücklichen Familie im Berliner Bezirk Kreuzberg auf. Sein Baba hatte seine Mutter geheiratet und gemeinsam zogen sie Adisa groß. Mittlerweile war dieser schon erwachsen, hatte Lehramt für die Fächer Englisch und Deutsch studiert und sein Referendariat an einer Berliner Schule abgeschlossen. Er suchte eine feste Anstellung innerhalb der Stadt. Dies war aber alles andere als einfach und er musste sich vorerst mit befristeten Stellen als Vertretungslehrer zufriedengeben.

Nachdem wieder einmal eine befristete Stelle geendet hatte, saß er wie schon so oft im Vorraum eines weiteren Sekretariats einer weiteren Berliner Schule und wartete auf ein weiteres Gespräch mit einer weiteren Schulleitung. Er war nicht allein. Ihm gegenüber saß ein Junge mit seiner Mutter. Diese schimpfte auf Russisch mit ihm, ohne dabei laut zu werden. Der Junge schaute wortlos auf den Boden.

Adisa musste an ein Gespräch mit seiner Mutter denken.

»Niklas muss nur eine Stunde am Tag für die Schule lernen«, sagte er damals zu seiner Mutter.

»Genau. Niklas muss täglich nur eine Stunde lernen«, wiederholte Amma langsam die Worte ihres Sohnes.

»Ja. Und warum muss ich immer zwei Stunden machen, obwohl ich schon meine Hausaufgaben erledigt habe? Wir haben denselben Notendurchschnitt.«

»Du hast dir deine Frage gerade selbst beantwortet.«

»Soll das heißen, dass ich dumm bin oder was?«

»Nein, das soll heißen, dass du immer mehr arbeiten musst als Niklas, wenn du dasselbe Ziel erreichen willst.«

»Häh, das ist aber nicht fair.«

»Stimmt.«

»...«

Ihm fehlten die Worte. Während sie mit ihm gesprochen hatte, hatte sie nicht einmal ihren Blick von ihrem Buch, welches sie gerade las, abgewandt.

Er war damals erst in der 7. Klasse, aber Amma, das war ihm heute klar, wollte ihm schon früh ein starkes Durchhaltevermögen beibringen. Sie wollte, dass er lernte, an seinen Zielen festzuhalten und weiterzumachen, auch wenn es manchmal kein Spaß machte.

Eine lange Zeit war seit dem Gespräch mit seiner Mutter vergangen, aber er konnte sich noch gut an das Buch erinnern, das sie an jenem Tag gelesen hatte. Sie hatte es mehrmals gelesen. So war seine Mutter. Wenn ihr ein Buch gefiel, las sie es mehr als einmal und konnte immer wieder neue Dinge in den Geschichten entdecken. Dieses war ein englischsprachiges Buch. Auf dem Buchdeckel war ein fliegender Vogel abgebildet. Und der Name Maya. So hieß die Autorin mit Vornamen. Adisa fand den Namen schön. Den Nachnamen und den Titel hatte er sich erst später eingeprägt, als er das Buch während seines Studiums las. Angelou. *I Know Why the Caged Bird Sings.*

»Sei nicht zu streng mit ihm.«

Nun hörte sie doch auf zu lesen. Amma schaute Adisas Baba an und dieser bereute es schon, dass er sich eingemischt hatte. Selbst wenn er als sein Stiefvater auch etwas zu sagen hatte, war es nicht der richtige Zeitpunkt gewesen. Zumindest nicht, wenn es nach ihr ging. Nun legte sie das Buch sogar auf den Tisch.

»Du musst es doch am besten wissen, Ali. Hast du nicht mindestens doppelt so hart gearbeitet wie die Anderen, um mit

deiner Firma dahin zu kommen, wo du heute stehst? Obwohl du dein Informatikstudium mit 1,0 abgeschlossen hast, konntest du keine Anstellung finden, sobald dein Nachname ins Spiel kam.«

»...«

Seine Mutter konnte auch seinen Baba sprachlos machen.

Ali war der Meinung, dass sich die Zeiten schon geändert hätten und immer stetig weiter verändern würden, aber er wusste auch, dass Amma trotzdem nicht ganz Unrecht hatte. Deshalb entschied er sich zu schweigen. Später am Abend ging er in Adisas Zimmer, um noch einmal mit ihm darüber zu reden.

»Oğlum« – er nannte ihn »mein Sohn« ab dem Tag, an dem er wusste, dass er Amma zu seiner Ehefrau machen wollte – »du musst wissen, deine Mutter meint es nur zu deinem Besten, wenn sie besonders viel Wert auf deine Bildung legt. Die Möglichkeiten, die du hast, hatte sie nicht in Ghana. Die Zeit, die du ins Lernen investierst, wird sich eines Tages auszahlen. Ich möchte aber auch, dass du weißt, dass du niemandem etwas beweisen musst - außer dir selbst. Ich habe das erst sehr spät erkannt. Du sitzt nicht für deine Mutter am Schreibtisch, sondern für dich.«

»Ja, ich weiß. Manchmal möchte ich aber einfach ein bisschen mehr Freizeit haben. Die anderen Jungs waren heute Fußball spielen und ich musste noch mein Referat üben, obwohl ich damit schon gestern fertig war.«

»Aber jetzt bist du bestimmt richtig gut vorbereitet, oder?«

Adisa schaute auf den Boden.

»Ja.«

»Ich verspreche dir, am Wochenende verbringen wir einen ganzen Tag auf dem Fußballplatz und essen Pommes, wenn wir eine Pause machen. Und du wirst auf jeden Fall eine Pause brauchen, so wie ich mit dem Ball tänzeln werde! Da wird dir ganz schwindelig werden.«

Adisa lächelte.

»Okay.«

Ali küsste Adisa auf die Stirn und wünschte ihm eine gute Nacht, bevor er sich wieder vor den Laptop setzte. Diese Good-Cop-Bad-Cop-Erziehung funktionierte gut bei Adisa. Amma war nicht immer froh darüber, der Bad Cop zu sein, aber sie war froh, Ali an ihrer Seite zu haben, und sehr zufrieden, wie sich ihr Sohn entwickelte.

Das Warten im Vorraum wurde beendet. Herr Kurth, der Schulleiter, öffnete die Tür zu seinem Büro und bat Adisa herein.

»Guten Tag, schön, dass Sie da sind.«

»Guten Tag. Danke.«

»Kommen Sie bitte.«

Herr Kurth richtete seinen Blick kurz zu der Mutter, die draußen mit ihrem Sohn wartete.

»Frau Iwanow, nach diesem Gespräch widme ich mich Ihnen und Gabriel. Ich danke Ihnen für Ihre Geduld.«

Frau Iwanow nickte und schloss dabei kurz ihre Augen. Gabriel wurde nervös. Er schwitzte an den Händen.

Das Büro war, dank der vielen Fenster zum Schulhof, sehr hell.

»Bitte nehmen Sie Platz. Wir haben Sie schon hoffnungsvoll erwartet.«

»Das ist eine sehr herzliche Begrüßung. Ich danke Ihnen.»

»Ja, freuen Sie sich bitte nicht zu früh. Ihr Vorgänger hat Ihnen leider eine Menge Arbeit hinterlassen.«

»Mein Vorgänger?«

»Ja, Herr Boateng. Der frühere Hausmeister. Es hat lange gedauert, jemand Neues zu finden.»

»Hausmeister? Aber ich bin hier für die Vertretungsstelle als Deutsch- und Englischlehrer.«

»Wie bitte? Sind Sie nicht Herr Clark?«

»Nein. Ich heiße Adisa Gündoğdu. Ich hatte mich im Onlineportal der Senatsverwaltung mit den Fächern Deutsch und Englisch eingetragen. Wir hatten telefoniert. Sie meinten, Sie könnten meine Fächerkombination gut gebrauchen und dass ich heute vorbeikommen solle.«

»Oh, das tut mir jetzt wirklich sehr leid. Bitte verzeihen Sie. Ich erwarte heute nämlich noch den Nachfolger für die

Hausmeisterstelle. Das ist mir jetzt sehr peinlich. Bitte entschuldigen Sie.«

»Alles gut«, sagte Adisa. Eigentlich war nichts daran gut, aber Adisa versuchte cool zu bleiben. Er war geübt darin. Herr Kurth schaute auf seinen Terminkalender.

»Das heißt, Sie sind Herr Gündogdu.«

»Ja, Gündoğdu.« Adisa war es gewohnt, dass die Leute das *weiche g* in seinem Namen, das aus dem Türkischen stammte, nicht auszusprechen wussten. Deshalb wiederholte er seinen Namen nochmal für Herrn Kurth so, wie er korrekt ausgesprochen wurde.

»Ok, Sie müssen aber auch verstehen, dass ich niemanden mit diesem Namen und Ihrem Aussehen erwartet habe.«

»Schon gut.« Auch hier war eigentlich nichts gut dran.

»Es ist natürlich auch schön, dass *Sie* da sind. Eine Kollegin mit Ihren Fächern möchte bis zu den Sommerferien ihre Elternzeit nehmen und ich bräuchte Sie als Ersatz in der Mittel- und Oberstufe. In der Klasse 10a wären Sie zudem auch stellvertretender Klassenlehrer. Trauen Sie sich das alles zu?«

»Ja, auf jeden Fall. Ich freue mich darauf. Ich bin sehr flexibel und nehme alle Stunden, die Sie mir geben können. Ich freue mich auf die Zusammenarbeit und das Unterrichten.«

»Gut, dann würde ich Sie nach dem Gespräch mit Frau Iwanow ins Lehrerzimmer begleiten und Sie Frau Müller, der Fachbereichsleitung für Moderne Fremdsprachen vorstellen. Sie wird Sie mit dem Schulgebäude und Ihren Kollegen vertraut machen. Ihren befristeten Vertrag können Sie dann morgen unterschreiben. Ich bitte Sie, nach dem Gespräch mit Frau Müller noch einmal zu mir zu kommen, damit wir einige Formalien klären können, die für die Aufsetzung des Arbeitsvertrags wichtig sind. Würden Sie jetzt bitte noch einmal einen Moment draußen Platz nehmen, damit ich Gabriel und seine Mutter hereinbitten kann?»

»Klar.«

Adisa nahm wieder vor dem Büro Platz und Frau Iwanow und Gabriel wurden hereingebeten. Gabriel folgte seiner Mutter nur mit sehr langsamen Schritten. Der arme Junge, dachte sich Adisa. Was er wohl angestellt hat? Er selbst musste nur einmal mit seiner Mutter zu einem Gespräch mit der Schulleitung. Frau Eberscheid begann damals das Gespräch.

»Schön, dass Sie sich die Zeit nehmen konnten, Frau Gündogdu. Ich wünschte es wäre unter besseren Umständen, aber jetzt ist es leider, wie es ist.«

Auch Frau Eberscheid sprach Adisas Familiennamen immer wieder falsch aus, obwohl seine Mutter sie schon mehrmals auf die richtige Aussprache hingewiesen hatte.

»Ja, das wünschte ich auch, aber es ist ja nicht so, dass Adisa nichts Gutes an dieser Schule vollbringen würde.«

»Ja gut, jetzt sind wir aber aus einem bestimmten Grund hier zusammengekommen. Wir haben einen Schüler mit einer gebrochenen Nase.«

»Sie wissen aber schon, warum mein Sohn zugeschlagen hat, oder?«

»Ja, ich bedaure es sehr, dass Maximilian ihn so genannt hat, aber Gewalt ist keine Lösung.«

»Ich bin derselben Meinung, aber hat Adisa je zuvor einen Schüler geschlagen?«

»Nein.«

»Hat er sich je in irgendeiner Form gewalttätig geäußert oder verhalten?«

»Nein. Nicht, dass ich wüsste.«

»Okay, und warum wird mein Sohn als einzig Schuldiger hier gesehen? Soweit ich weiß, wurde die andere Familie noch nicht hergebeten.«

»Maximilian muss sich erst gesundheitlich erholen, bevor ich ein Gespräch mit ihm und seinen Eltern führen kann. Bisher habe ich nur mit seinen Eltern telefoniert.«

»Das tut mir leid zu hören. Glauben Sie mir, ich verurteile auch die Tat meines Sohns. Ich weiß aber, dass er kein Mensch ist, der sofort zuschlägt. Im Gegenteil, Adisa hat mir gesagt, dass es nicht das erste Mal gewesen sei, dass Maximilian ihn so genannt hat. Er hat mir auch gesagt, dass einige Lehrer es auch mitbekommen, aber nichts gesagt oder getan hätten.«

»*Das kann ich jetzt und hier nicht nachvollziehen.*« *Frau Eberscheid war merklich angespannt.*

»*Nein, das können Sie nicht. Sie können sich aber zumindest mit beiden Seiten kritisch auseinandersetzen. Bisher haben Sie nur Adisa für seine Tat getadelt.*«

»*Ich verstehe Ihren Ärger über die Situation. Trotz allem sollte sich Adisa bei Maximilian entschuldigen, denn bisher hat er noch keinerlei Anzeichen von Reue gezeigt.*«

»*Oh, keine Sorge. Adisa wird sich für seine Tat entschuldigen.*«

»*Jah, sehr gut.*« *Frau Eberscheid schien erleichtert.*

»*Aber zuerst wird sich Maximilian für seine Worte und Taten entschuldigen. Von ihm gingen die ersten Aggressionen aus. Wir müssen uns alle über die Auswirkung unserer Wortwahl im Klaren sein. Das heißt, dass auch Maximilian sich für seine Worte verantworten muss.*«

»*…*«

Frau Eberscheid sagte nichts mehr und nickte nur wortlos. Wieder einmal hatte Adisas Mutter es geschafft, jemanden sprachlos zu machen.

»*Und du, Adisa, du wirst Maximilian zu uns nach Hause zum Essen einladen, sobald er sich ernsthaft bei dir entschuldigt hat. Du sagst ihm dann auch, dass es dir leidtut und dass du es wiedergutmachen möchtest, indem du ihn zu uns einlädst.*«

»*Aber …*«

Amma schaute ihrem Sohn in die Augen.

»*Ja, Mama.*«

Das waren die einzigen Worte, die Adisa damals in diesem Gespräch gesagt hatte. Was hätte er auch sonst anderes sagen können?

DIANA

U-Bahnhof Gleisdreieck. Sie ließ ihren Blick immer wieder durch den Waggon schweifen, um nicht den Eindruck zu erwecken, dass sie die Frau, die ihr in der U-Bahn gegenübersaß, anstarren würde. Sie kannte sie irgendwoher, konnte sie aber nicht richtig einordnen.

Die Frau namens Şengül, was übersetzt fröhliche Rose bedeutete, trug ein Kopftuch, aber nicht aus religiösen Gründen, sondern um ihren kahlen Kopf zu bedecken. Neben ihr saß ein erkennbar älterer Herr im Anzug. Die beiden kamen von der Therapie, von ihrer Therapie, die ihr viel mehr als nur die Haare genommen hatte.

Trotzdem hatte der Krebs mit Şengül keine einfache Gegnerin. In ihrer Kindheit hatte sie in ihrem Dorf Marçik einen Schlangenbiss überlebt. Einmal fuhr sogar ein Bus über sie, als sie die Ziegen, die auf die Schnellstraße gerannt waren, vor diesem beschützen wollte und hinfiel. Sie blieb – wie durch ein Wunder - unversehrt.

Möckernbrücke. Diana musste wieder zu dem Paar hinüberschauen. Sie ahnte, dass die beiden zusammengehörten, aber sie spürte, dass sie nicht zueinander gehörten. Dianas Blick wanderte auf den Platz neben ihr, der leer war. Einige Fahrgäste zogen es vor zu stehen. Sie hörte, wie ein kleiner Junge, der mit einem Mann im Mittelgang stand, sagte: »Tropfen sind manchmal nass, Papi.« Diana schmunzelte.

Hallesches Tor. Ein Obdachloser stieg ein und erzählte ein wenig über sich. Er hieße Benjamin und lebe auf der Straße. Er fragte nach einer Spende oder etwas zu Essen, während er mit einem leeren Kaffeebecher durch den Mittelgang lief. Fast alle Fahrgäste ignorierten ihn. Viele von ihnen sahen genervt aus. Mehrere hielten sich eine Hand vor Mund und Nase. Einige gaben ihm ein paar Münzen. Diana legte einen Kaugummi in den Becher. Er lächelte und bedankte sich. Sie sah seine gelben Zähne. Viele Menschen achteten besonders auf die Hände der Personen, denen sie begegneten. Für Diana waren die Zähne wichtig.

Schon als sie klein war, putzte sich Diana sehr gerne ihre Zähne, denn sie wollte schöne Zähne haben, wie ihre Tante Abena. Als sie ihrer Mutter einmal erzählte, dass Abena wunderschöne Zähne habe, erwiderte diese, dass sie ihre Zähne immer fleißig putzen müsse, wenn sie auch so schöne Zähne haben wolle.

Prinzenstraße. Benjamin stieg aus und ging in den nächsten Waggon. Eine Zeitungsverkäuferin stieg ein und verkaufte die Obdachlosenzeitung *Motz*. Ein Fahrgast gab ihr eine Münze, wollte aber keine Zeitung haben. Die U-Bahn hielt etwas länger als gewöhnlich am Bahnhof Prinzenstraße. Diana dachte weiter über ihre Tante nach. Als Diana vier Jahre alt war, hatte sie diese einmal gefragt, wann ihre Haut denn weiß werden würde, weil ihre Lieblingsfiguren, die sie im Fernsehen sah, alle weiß waren. Ihre Tante war sehr traurig über diese Frage, aber ließ es sich nicht anmerken. Sie stellte eine Gegenfrage.

»Was möchtest du denn sein, wenn du einmal groß bist?«

»Eine Prinzessin«, antwortete sie beschämt lächelnd.

Da stupste ihre Tante sie mit dem Zeigefinger auf die Nase und sagte: »Das bist du doch schon, meine Kleine.«

Und das war sie wirklich, zumindest in Ghana, in der Heimat ihrer Eltern. Dort waren ihre Wurzeln königlich. Der Volksstamm, zu dem ihre Familie gehörte, hatte sie dementsprechend behandelt, als sie einmal mit der ganzen Familie nach Ghana geflogen waren. Bisher war sie aber nur einmal dort gewesen. Sie wollte so sehr wieder dorthin. Sie wollte wieder wie eine Prinzessin behandelt werden. Sie wollte dieses Gefühl wieder erleben, jemand Besonderes und nicht einfach nur anders zu sein. Ihr Vater erklärte ihr aber, dass es nicht so einfach sei, in die Augen der Menschen in Ghana zu schauen. Augen, die so viel zu erwarten, so viel zu wollen schienen. Er könne deren Wünsche und Erwartungen nicht erfüllen. »Du wirst es verstehen, wenn du einmal erwachsen bist«, sagte er mit den Augen blinzelnd.

Ihr Vater blinzelte immer mit den Augen, wenn er nervös war. Eines Tages wird sie verstehen, bedauerte er später in sich gekehrt, während er auf ein aufgeschlagenes Buch blickte, ohne es zu lesen.

Lesen bereitete ihm ohnehin nicht mehr dieselbe Freude, seitdem man seinen akademischen Titel in Deutschland nicht anerkannt hatte, aber das war eine andere Geschichte.

Kottbusser Tor. Diana bemerkte, dass die Frau mit dem bedeckten Kopf und der Mann ihr nicht mehr gegenübersaßen. Sie müssen am Bahnhof Prinzenstraße ausgestiegen sein, dachte sie. Nun saßen auf ihren Plätzen zwei Jungs, die sich laut über den Bart eines Freundes unterhielten. »Bruder, seine Linie ist so sauber«, sagte einer von ihnen und zeichnete mit dem Zeigefinger eine Linie auf seiner Wange.

Görlitzer Bahnhof. Diana stieg aus und lief die Treppen hinunter. Unten standen wie jeden Tag die Männer, die ihr zunickten, ohne sie zu fragen, ob sie etwas kaufen wolle. Diese Frage stellten sie ihr nicht. Ihr war mit den Jahren aufgefallen, dass schwarze Menschen sich auf der Straße zunickten oder einander grüßten.

»Kennst du diesen Mann, Papa?«, hatte sie einmal gefragt.

»Nein«, antwortete er.

»*Warum hast du ihn gegrüßt?*«

»*Weil er mir auch grüßend zugenickt hat.*«

»*Kennt er dich?*«

»*Nein.*«

»*Warum grüßt er dich dann?*«

»*Es ist nicht nur ein Grüßen. Es ist ein Sehen. Wir sehen uns und ignorieren einander nicht.*«

Diana hatte damals nicht weitergefragt. Sie fand die Erklärung ihres Vaters irgendwie einleuchtend und schön.

Herr Gündoğdu hatte ihr auch zugenickt, als er das erste Mal vor der Klasse stand. Dann bat er sie, für ihn einen Sitzplan der Klasse zu erstellen. Für sie war das schon ein wohltuender Anfang, weil sie von ihm gesehen wurde.

Ihr war aufgefallen, dass er den Raum schon in der Pause vorbereitet hatte. Sein Name stand an der Tafel, das Lehrerpult war an die Seite gerückt und die Tische waren bereits entsprechend der Tischordnung auf dem Papier gezeichnet, auf dem sie nur noch die Namen eintragen musste. Dann stand er lächelnd vor der Klasse und wartete darauf, dass es ruhig wurde, bevor er sich vorstellte. Er spielte mit ihnen ein Kennenlernspiel auf Englisch. Die Klasse erfuhr viele Dinge über ihren neuen Lehrer und er lernte seine Schülerinnen und Schüler besser kennen. Die Informationen, die er von ihnen erhielt, halfen ihm auch dabei, sich die Namen besser zu merken: Diana liebte Kaugummis, Ahmet und Dang machten Taekwondo und Linh wollte nach der 10. Klasse für ein Austauschjahr in die USA. Am Ende des Spiels, als er schon fast alle Namen auswendig konnte, machte Yiğit einen Vorschlag.

»Herr Gündoğdu, dürfen wir Sie Mr. G nennen?«

»Ja, Mann, G wie Gangsta«, rief Tarek.

Die Klasse lachte. Adisa auch.

»Warum?«

»Weil alle sonst Ihren Namen ständig falsch aussprechen würden. Und das würde mir in den Ohren wehtun.«

»Ich nicht«, erwiderte Can.

»Ja, ok, fast alle«, sagte Yiğit.

»Hmmm. Ihr solltet aber lernen, wie man meinen Namen richtig ausspricht. So wie ich mir Mühe mit all euren Namen gebe.«

»Das stimmt schon. Aber glauben Sie mir. Das wird immer wieder nerven. Ich spreche aus Erfahrung.«

Adisa dachte nach. Er wusste was Yiğit meinte.

»Außerdem passt Mr. G auch gut im Englischunterricht«, fügte Yiğit noch hinzu.

»Ok. Dann machen wir das so. Call me Mr. G.«

Die Klasse feierte ihren neuen Englischlehrer. Diana radierte seinen Namen im Sitzplan und ersetzte ihn mit *Mr. G.*

SONJA

Sonja hat noch nie einen Kaugummi gekaut. Sie findet Kaugummis eklig, obwohl sie nicht weiß, wie sie schmecken oder was für ein Gefühl das ist, einen Kaugummi zu kauen. Als sie fünf Jahre alt war, hatte sie ihren Onkel am Esstisch beobachtet, wie er seinen Kaugummi aus dem Mund nahm und an den Tellerrand klebte, bevor er anfing, seine Suppe zu löffeln. Seitdem bringt sie Kaugummis mit ihm in Verbindung. Sie möchte nicht an ihn erinnert werden.

Deshalb hatte sie den Kaugummi abgelehnt, den ihr ihre Sitznachbarin Diana angeboten hatte, als sie sich in der 9. Klasse besser kennenlernten. Sie hatten zuvor so gut wie nie miteinander gesprochen, obwohl sie seit über zwei Jahren in derselben Klasse waren. Als sie dann aber zusammensaßen, entwickelte sich schnell eine Freundschaft. Sonja lernte sogar von Diana ein wenig deren Muttersprache Twi.

Für beide Mädchen war klar, dass sie in der 10. Klasse unbedingt wieder zusammensitzen wollten.

Diana hatte immer eine Packung Kaugummis in der Tasche. Sie sei davon abhängig, sagte sie oft und ihre Augen blitzten dabei. Ihre lebensfrohe Art zauberte Sonja immer ein Lächeln ins Gesicht.

Ein Sprichwort lautet »Gegensätze ziehen sich an«. Sonja und Diana waren das perfekte Beispiel dafür. Sie waren beide sehr unterschiedlich, aber ergänzten sich auf eine ganz besondere Art und Weise.

Sonja war eine stille Schülerin, die schriftliche Arbeiten immer besonders sorgfältig erledigte und sehr gut in den Naturwissenschaften, insbesondere Biologie, war.

Diana hingegen beteiligte sich fast an jedem Unterrichtsgespräch, war ein Sprachtalent und redete munter im Spanischunterricht drauf los, machte aber ungern die Hausaufgaben. Sie bildeten ein gutes Team, unterstützten sich gegenseitig und während Sonja Diana auch mal zum konzentrierten und ruhigen Lernen motivieren konnte, schaffte Diana es, dass Sonja manchmal aus sich herausging und lauthals auflachte oder sich am Unterricht beteiligte.

Auch Mr. G schaffte es immer mal wieder, Sonja aus der Reserve zu locken. Immer wenn er sie animierte, konnte sie einen wertvollen Beitrag zum Unterricht leisten. Sie merkte dabei, dass es ihr Spaß machte und Selbstvertrauen gab. Es war nicht so wie in anderen Fächern, in denen immer nur dieselben die Unterrichtsgespräche führten. In einem Feedbackgespräch mit Mr. G versicherte Sonja ihm, dass es ihr nicht unangenehm sei, von ihm im Unterricht etwas gefragt zu werden, selbst wenn sie sich nicht so häufig melde.

Auch heute meldete sie sich nicht sehr oft. Sie war mit den Gedanken bei den Sneakern von Mr. G. Er trug andere Sneaker als den Tag zuvor. Und am vorherigen Tag hatte er ebenfalls andere Sneaker als den Tag davor getragen. Ihr war aufgefallen, dass er viele Sneaker besaß und seine Schuhe farblich immer an sein Outfit anpasste. Sein Stil gefiel nicht nur ihr. Ihr war aufgefallen, dass auch die anderen seine Outfits mit Blicken und Kommentaren rühmten. Sie fand es vor allem cool, dass er sich überhaupt Gedanken zu seinen Outfits für die Schule machte. Sonja stellte sich vor, dass er in seiner Wohnung ein Zimmer alleine für seine Sneakersammlung hatte. Sie stellte sich vor, dass alle Sneaker geordnet und gepflegt waren.

Schon immer malte sie sich gerne Geschichten zu den Schuhen von Menschen, die sie in der U-Bahn sah, aus. In der U1 schaute sie auf die Reihe der Schuhpaare, die ihr gegenüber waren - mal überkreuzt, mal nervös tippelnd oder meistens einfach ganz ruhig nebeneinanderstehend. Dann malte sie sich ein Leben für den jeweiligen Menschen aus. Er war Zahnarzt, sie Lehrerin, er war Single, sie verheiratet, er hatte keine Kinder, sie schon drei, er war schon einmal in Japan, sie reiste regelmäßig nach Chile.

Manchmal brachte sie die Geschichten zu Papier. Nur Diana durfte sie lesen. Nur Diana wusste, warum Sonja keine Kaugummis mochte. Nur Diana wusste, warum Sonja immer, sogar im Hochsommer, langärmelige Oberteile trug.

ADISA

»Zwei Sprachen? Sind Sie verrückt? Wollen Sie Ihr halbes Leben mit dem Korrigieren verbringen?«, fragte Frau Müller Adisa im Lehrerzimmer.

Adisa lächelte.

»Als Ihre neue Fachbereichsleiterin kommt hier mein erster Tipp für Sie. Ich rate Ihnen dringend, gehen Sie wieder an die Uni und studieren Sie ein weiteres Fach. Wie wäre es mit Sport? Sie sehen doch ganz sportlich aus.«

»Sport mache ich schon recht viel. Ich unterrichte nebenbei noch in einer Tanzschule. In der Schule möchte ich lieber etwas anderes machen.«

»Tanzschule, ja? Interessant. Was unterrichten Sie dort? Salsa? Oder vielleicht Tango?« Frau Müller bewegte ihre Hüfte von links nach rechts.

»Nein, Hip-Hop.«

»Oh. Ach so. Wissen Sie, ich meine ja nur, die Schüler sprechen heutzutage kein richtiges Deutsch mehr. Mal ganz abgesehen davon, was sie zu Papier bringen.«

»Sehen Sie? Ein Grund mehr für mich, Deutsch zu unterrichten.«

Frau Müller runzelte die Stirn und schaute auf ein Papier in ihrer Hand.

»Da haben Sie wohl recht. Hier ist übrigens eine Liste mit den Noten in Englisch und Deutsch und einigen Kommentaren zu den Schülern der Klasse 10a von Frau Seidel. Sie übernehmen ihre Lerngruppe. Sie bat mich, Ihnen diese Liste zu geben.«

»Das ist nicht nötig. Es ist nett, aber ich möchte mir lieber einen eigenen Eindruck von der Klasse verschaffen.«

»Aha?«

»Ja, ich möchte unvoreingenommen in die Klasse gehen. Ich hoffe, Sie verstehen.«

»Na gut, Herr Gündogdu. Ich hebe diese Liste für Sie auf. Falls Sie sie später doch wollen.«

»Okay.«

Frau Müller steckte die Liste in ihre Tasche.

»Kommen Sie, ich zeige Ihnen Ihren Raum, in dem Sie den Großteil Ihrer Stunden unterrichten werden. Es ist der Klassenraum der 10a.«

Adisa und Frau Müller liefen die Treppen hoch.

»Woher kommen Sie eigentlich?«

»Ich war vorher an einem Oberstufenzentrum in Friedrichshain. Dort war ich auch nur befristet als Vertretungslehrkraft eingestellt. Wie hier.«

»Schön. Das meinte ich aber eigentlich nicht.«

»Ach so. Ich bin aus Berlin. Ich bin hier geboren. Im Referendariat war ich einer der wenigen, die nicht wegen des Refs nach Berlin gezogen sind, sondern tatsächlich schon immer hier gelebt haben. Ich bin in Kreuzberg aufgewachsen.«

»Gut. Ich verstehe. Eigentlich wollte ich aber wissen, wo Sie ursprünglich herkommen. Woher kommt Ihre Familie? Woher kommen Ihre Eltern?«

»Ahh. Ja, das ist kompliziert. Meine Mutter…«

In diesem Moment kamen den beiden zwei Schülerinnen auf den Treppen entgegen.

»Frau Müller, kriegen wir heute die Arbeiten zurück?«

»Guten Tag erst einmal. Und nein, denn ich bin noch nicht fertig mit dem Korrigieren.«

»Können Sie uns schon unsere Noten sagen?«

»Nein, das geht nicht.«

»Maaaann, bitte, können Sie nicht mal eine Ausnahme machen?«

»Wie schon gesagt. Das geht nicht. Geht in den Klassenraum und setzt euch bitte hin. Ich bin gleich da.«

Frau Müller wandte sich wieder Adisa zu.

»Na gut. Herr Gündogdu. Ihr Raum ist zwei Türen weiter. Er müsste jetzt frei sein. Sie können sich schon einmal mit dem Raum und den Materialien vertraut machen. Sie haben doch einen Schlüssel bekommen, richtig?«

»Ja, Herr Küçük hat mir einen gegeben.«

»Wer?«

»Herr Küçük. Der neue Hausmeister.«

»Ach so. Ja, genau. Sie können auch den Materialschrank mit dem Schlüssel öffnen, den Sie vom Hausmeister erhalten haben.«

»Alles klar. Vielen Dank.«

Auf dem Flur angekommen, gingen sie in verschiedene Richtungen.

Auf dem Weg zum Klassenraum der 10a rannten drei Schüler an ihm vorbei. Adisa vermutete, dass sie es noch pünktlich zu Frau Müller schaffen wollten, bevor es klingelte. Zwei von ihnen drehten beim Rennen erstaunt ihren Kopf nach Adisa um. Adisa sah, wie es ihnen gerade noch so gelang, zu Frau Müller in den Raum reinzulaufen, als die Klingel ertönte. Er lächelte und schloss den Klassenraum der 10a auf. Er ging hinein und schaute sich um. Was er als Erstes bemerkte, waren die vielen Lernposter an den

Wänden und ein Smartboard. Er setzte sich an das Lehrer-pult, das für seinen Geschmack etwas zu zentral vorne posi-tioniert war. Er ließ den Raum auf sich wirken und musste noch einmal an Frau Müllers Frage denken. Dabei fiel ihm ein Gespräch mit seinem Baba ein, das sie während eines Urlaubs in der Türkei geführt hatten, als er 15 Jahre alt war.

Nachdem Ali die Rechnung im Restaurant gezahlt hatte, fragte Adisa: »Baba, was bedeutet das, was der Kellner dich gefragt hat? Der Taxifahrer gestern hat auch schon dieselbe Frage gestellt.«

»Meinst du die Frage ›Memleket nere?‹«

»Ja.«

»Hmmmm. Das ist immer eine komplizierte Frage, weil die Antwort eigentlich bei keinem Menschen einfach ist. Vor allem, wenn du viel über dich selbst nachgedacht beziehungs-weise herausgefunden hast. Ins Deutsche übersetzt, bedeutet die Frage: ›Wo ist deine Heimat?‹ In Deutschland werde ich auch häufig gefragt, woher ich komme. Egal, ob in der Türkei oder in Deutschland, bei der Frage geht es meistens darum, dich in eine Schublade zu stecken.«

»Eine Schublade?«

»Ja. Viele Menschen fühlen sich sicherer, wenn sie dich einer Gruppe von Menschen zuordnen können, weil sie dann glauben zu wissen, woran sie bei dir sind.«

»Das hört sich wirklich kompliziert an. Wir sind doch alle so verschieden. Da braucht man viele Schubladen.«

»*Aferin benim oğlum. Du hast gerade etwas sehr Wahres gesagt.*«

»*Ach ja?*«

»*Ja. Ich glaube nämlich fest daran, dass keine zwei Menschen gleich sind, das heißt, jeder Mensch verdient seine eigene Schublade.*«

»*Hmmm.*«

»*Manchmal ist die Frage auch nicht schnell beantwortet.*«

»*Deshalb war deine Antwort so lang.*« Adisa grinste.

»*Ja, ich bin mir sicher, dass er eine so lange Antwort nicht erwartet hatte.*« Ali lächelte. »*Selbstverständlich wird die Frage auch aus purem Interesse gestellt. Es gibt nämlich auch Menschen, die einfach nur wissen wollen, woher du kommst. Mit der Zeit kriegt man ein Gefühl dafür, worum es eigentlich wirklich geht. Wichtig ist, dass du dir selbst eine bestimmte Frage gestellt und über die Antwort nachgedacht hast, bevor du die Frage der Person gegenüber beantworten kannst.*«

»*Woher ich komme?*«

»*Nein, ich würde vielmehr sagen, die Frage ›Wer bist du?‹. Und dabei geht es nicht nur um deinen Namen und woher du kommst, sondern tatsächlich um alles, was dich definiert. Wer bist du? Was macht dich aus? Verstehst du?*«

»*Ich glaube ja.*«

»*Nimm dir immer wieder Zeit, um auf deine innere Stimme zu hören. Stelle Fragen, wenn Unsicherheiten aufkom-*

men. Geh auf die Suche nach den Antworten. Im Laufe der Zeit wirst du dich immer besser kennen.«

Adisa nickte.

»Darüber kannst du aber zu einem anderen Zeitpunkt grübeln. Wir konzentrieren uns nun auf diesen Moment. Und in diesem Moment gibt es eine andere wichtige Frage.«

»Welche denn?«

»Na ist doch klar: Was essen wir als Nachtisch?«

Sie hatten damals herzlich gelacht und Ali hatte seinem Sohn das erste Mal Künefe bestellt, ohne zu ahnen, dass es Adisas Lieblingsnachtisch werden würde.

Adisa hatte seitdem viele Künefe gegessen. Er behauptete, nach langem Probieren die besten Künefe Berlins entdeckt zu haben. Er hatte seitdem aber auch viel über die Frage nachgedacht, die ihm Ali gestellt hatte: Wer bist du? Zuallererst hatte er die Bedeutung seines Namens herausgefunden, die dann auch irgendwie seine Bestimmung werden sollte: der Lehrer.

Seine Mutter hatte er über Kumasi und Accra, die Städte, in denen ein Großteil seiner Familie lebte, ausgefragt. Mit seinem Baba hatte er immer wieder Gespräche über das Erwachsenwerden geführt. Es fiel ihm leicht, sich mit ihm zu identifizieren. Ali schenkte ihm regelmäßig Bücher, die ihn mit der Zeit zu einem eifrigen Vielleser machten: *Die Autobiographie* von Malcolm X, *Die Ratschläge des Herzens* vom

Dalai Lama, *Der Prophet* von Khalil Gibran, *Siddhartha* von Hermann Hesse, *Handbuch des Kriegers des Lichts* von Paulo Coelho und viele weitere Lektüren, die auch Ali geholfen hatten, sich selbst zu finden. Adisa wurde mit den Jahren bewusst, wer er sein wollte.

Er wollte ein guter Lehrer sein. Er wollte nicht nur lehren, sondern auch von seinen Schülerinnen und Schülern lernen, indem er ihnen zuhörte und aufgeschlossen war für ihre Fragen, Interessen und Wünsche. In seiner neuen Schule nahm er sich wie immer zuerst vor, die Namen der Schülerinnen und Schüler seiner Klasse zu lernen. Dafür skizzierte er die Anordnung der Tische im Klassenraum für den zukünftigen Sitzplan der Klasse 10a, den er dann zum Ausfüllen an eine Schülerin oder einen Schüler geben würde.

AHMET

Im Klassenraum herrschte Stille. Alle waren mit dem Kopf bei der Sache. Die erste Englisch-Klassenarbeit bei Herrn Gündoğdu. Keiner wollte ihn enttäuschen. Vor allem Ahmet nicht. Er konnte sich aber nicht konzentrieren. Immer wenn er den Stift zum Schreiben ansetzte, fing seine Hand zu zittern an.

Ahmet probierte es ein weiteres Mal, um mit der Einleitung zu beginnen. Doch er konnte seine Hand nicht ruhig halten. Er bekam Schweißausbrüche. Immer wieder sah er das Bild der vorherigen Nacht vor seinen Augen. Das Bild, das er von der Türschwelle des Wohnzimmers mit verschlafenen Augen erblicken musste, nachdem ihn der Streit seiner Eltern aus dem Bett gerissen hatte. Der Sturz seiner Mutter in die Glasvitrine hatte sich in sein Gedächtnis eingebrannt und spielte sich immer und immer wieder vor seinen Augen

ab. Die Stille zwang ihn dazu, an nichts anderes denken zu
können, bis sein Blick zu Mr. G schweifte.

Mr. G saß vorne und las ein Buch. Er war keiner dieser
Lehrer, die während einer Klassenarbeit durch die Reihen
gingen und die Finger in die Federtaschen steckten, um
nach Spickern zu suchen. Ahmet hatte noch nie zuvor einen
Lehrer wie Mr. G gehabt. Für Ahmet war es neu, dass sein
Lehrer einen türkischen Nachnamen hatte. Er konnte seinen
Augen kaum glauben, als er Herrn Gündoğdu dann das erste
Mal sah. »Digga, mein neuer Lehrer hat einen türkischen
Nachnamen, ist schwarz und unterrichtet Englisch und
Deutsch. Wie geil ist das denn? Außerdem trägt er immer
die freshesten Kicks«, hatte er seinem besten Freund Deniz
erzählt, der mittlerweile auf einer anderen Schule war, nach-
dem er die 9.Klasse in Ahmets Klasse nicht geschafft hatte.

Ahmet schmunzelte einen Moment. Dann musste er
wieder an seine Eltern denken. Er schüttelte kurz den Kopf
und unternahm einen erneuten Versuch, das Summary zu
schreiben, doch der Stift berührte nicht einmal das Papier.
Er merkte, dass seine Stirn schon ganz nass geworden war.
Ein kalter Schauer lief ihm über den Rücken, folgte dem
Pfad über den Nacken und entschloss sich, selbst am hinte-
ren Haaransatz keinen Halt zu machen. Er hatte Gänsehaut
am ganzen Körper. Er entschied sich, den Stift für einen
Moment hinzulegen und seine Schreibhand zu massieren.
Seine Finger spürten die kleinen Schnittwunden an der
Handoberfläche, welche der Beweis dafür waren, dass alles

tatsächlich passiert war und die Scherben der Vitrine kein Detail eines Albtraums waren. Mittlerweile war fast eine halbe Stunde vergangen. Er musste etwas zu Papier bringen. Eine schlechte Note durfte er seinem Vater gar nicht erst nach Hause bringen. Er war sehr streng, wenn es um die Schule ging. Wenn Ahmet zum Training wollte, mussten die Noten stimmen.

Ahmet hatte sich schon oft darüber gewundert, warum er ihm und seinen Brüdern gegenüber nie die Hand erhob, obwohl er so streng war. Es war seine Mutter, die mehr als nur Strenge zu spüren bekam. Sie hatte schon oft Zuflucht bei ihrer Familie gesucht, als ihr Mann bei der Arbeit war. Sie hatte ihre Söhne immer mitgenommen und sich fest vorgenommen, nicht mehr zu verzeihen. Nicht mehr zurückzugehen. Nicht mehr die andere Wange hinzuhalten. Jedes Mal wurde sie überredet.

»Eine Frau, die nicht weint, ist wie eine Quelle, die nicht fließt«, sagte einmal Ahmets Tante, die ältere Schwester seiner Mutter.

»So ein Schwachsinn, der Name meiner Mutter bedeutet fröhliche Rose«, flüsterte er vor sich hin. »Schhh …«, war die Reaktion Lisas darauf, die in der ersten Reihe saß. Ahmet war mit den Gedanken wieder im Klassenraum.

Mr. G hatte die ganze Zeit versucht, Ahmet nicht merken zu lassen, dass er seine Nervosität mitbekommen hatte. Er wollte ihn nicht noch nervöser machen. Nun hatte er keine andere Wahl. Er schaute zu ihm. Nur über Mimik und Gestik fragte er ihn wortlos, was los sei und ob er ihm helfen könne. Ahmet schloss die Augen und schüttelte den Kopf.

Seine Augenlider brannten nach einer schlaflosen Nacht. Er blickte auf die Wanduhr. Nun war fast eine der beiden Unterrichtsstunden vergangen, ohne dass er ein Wort geschrieben hatte.

Erneut spielten sich die Szenen der letzten Nacht vor seinen Augen ab. Nachdem sein Vater wieder einmal das Verhalten seiner Frau kritisiert hatte, wurde der Streit lauter und lauter, bis er sie in die Schrankvitrine schubste, weil sie nicht aufgehört hatte, ihm zu widersprechen. Die Eifersucht seines Vaters erzeugte viel Kummer in der Familie. Seit Ahmet denken konnte, war das schon so.

Mehrmals hatte ihre Familie sie überreden können, wieder zu ihm zurückzukehren, nachdem sie weggelaufen war. Sie tat es wegen ihrer Kinder. In den Gesprächen zeigte Ahmets Vater wiederholt Reue gegenüber der Familie. Jedes Mal versprach er sich zu ändern, aber die Streitigkeiten nahmen kein Ende. Es waren meistens nur Kleinigkeiten. Ahmet war aufgefallen, dass er vor allem im Sommer noch eifersüchtiger war als zu den anderen Jahreszeiten.

Mit bloßen Worten konnte er seinen Vater nicht überzeugen. Es hieß immer nur, dass er zu jung sei und nichts von diesen Dingen verstehe. In der letzten Nacht hatte er das erste Mal mehr als nur Worte genutzt, um seine Mutter zu verteidigen.

Er hatte sich zwischen seine Eltern gestellt und seinen Vater zurückgedrängt. Es war das erste Mal gewesen, dass sein Vater zu spüren bekam, dass sein Sohn kein kleiner Junge mehr war. Plötzlich erfüllte Ahmet eine große Zuversicht. Er war sich sicher, dass sein Vater es nie wieder wagen würde, seiner Mutter gegenüber die Hand zu erheben. Er begann zu schreiben.

FATEMEH

Als ihre Familie nach Deutschland kam, war sie schon neun Jahre alt. Sie sprach kein Wort Deutsch. Ihre Eltern beruhigten sie. Dafür sei doch die Schule da. Sie müsse aber sehr fleißig sein, meinte ihr Vater. Sie müsse mindestens doppelt so viel wie die anderen Schüler lernen. Es sei eine große Chance, etwas aus ihrem Leben zu machen. Eine Chance, die er und ihre Mutter nicht gehabt hätten.

Fatemeh nahm die Schule sehr ernst. Sie wollte ihre Eltern, ganz besonders ihren Vater, nicht enttäuschen. Er arbeitete sehr hart für die Familie. Manchmal sah sie ihn eine ganze Woche lang nicht, weil er schlief, wenn sie in der Schule war, und sie schlief, wenn er bei der Arbeit war.

»Ihr müsst studieren«, sagte ihr Vater oft zu Fatemeh und ihren drei jüngeren Geschwistern. Er wolle nicht, dass sie so schuften müssten wie er.

Einmal, als ihr Vater nach der Frühschicht nachmittags zu Hause war, öffnete er die Tür zu Fatemehs Zimmer und fragte:

»Was machst du?«

»Ich höre Musik.«

»Musst du nichts für die Schule machen?«

»Ich habe alle meine Hausaufgaben schon erledigt.«

Er schaute zum Bücherregal.

»Warum liest du kein Buch?«

»Die habe ich schon alle gelesen.«

»Dann lies sie noch einmal. Vergiss nicht, du bist ein Vorbild für deine Geschwister.«

Er schloss die Tür und ging ins Wohnzimmer.

Fatemehs Mutter war Hausfrau. Es gab keinen Schultag, an dem sie nicht vor ihren Kindern aufstand, um Frühstück vorzubereiten und sie danach zu wecken. Fatemeh unterstützte sie im Haushalt, wann immer es ihr möglich war. Sie kümmerte sich um ihre Geschwister und half ihnen mit ihren Hausaufgaben. Ihrer Mutter erzählte sie einmal, dass sie sogar schon einigen Mitschülern Nachhilfe in *der Amerika-Gedenkbibliothek* gebe, wo sie sich nachmittags treffen würden. Dort sei genug Platz, um sich gemeinsam für das Lernen an einen ruhigen Ort zurückzuziehen. Sie erzählte ihr auch, dass sie in Englisch wieder die beste Klassenarbeit geschrieben habe. Ihre Mutter war stolz auf sie. Sie zeigte Fatemeh ihren Stolz deutlich, indem sie sie lobte und über das ganze Gesicht strahlte. Ihr Vater war auch stolz auf sie, aber ihm fiel es schwer, es ihr zu zeigen. Ein leichtes Nicken mit dem Kopf war die einzige Reaktion, die sie von ihm bekam.

Fatemeh wollte Lehrerin werden. Sie hatte beim Nachhilfeunterricht in der Bibliothek gemerkt, dass es sie glücklich machte, anderen beim Lernen behilflich zu sein.

Bereits jetzt war ihr klar, dass sie irgendwann an die Schule zurückkommen würde und dort viele Dinge anders machen wollte. Sie wollte eine faire Lehrerin sein. Eine, die nicht urteilte, sondern verstand und, wenn sie nicht verstand, dann selbst dazulernte. Sie wollte eine Lehrerin werden, die nie aufhörte zu lernen, die nie aufhörte, selbst Schülerin zu sein.

Ihr Vater erzählte ihr einmal, dass er auch gerne Lehrer geworden wäre, aber seine eigenen Lehrer hätten ihm gesagt, dass ihm dazu die Ruhe und Geduld fehlen würden. Fatemeh erinnerte sich an die regelmäßigen Lektionen in Mathe bei ihrem Vater und konnte dies nur bestätigen. Selbstverständlich sagte sie ihm das nicht. Er war sehr froh über ihren Berufswunsch. »Im Iran werden Lehrer sehr respektiert und geschätzt. Sie tragen eine große Verantwortung und nicht jeder Mensch ist für diese Aufgabe geschaffen«, sagte er zu seiner Tochter. Seine Freude äußerte sich einmal bei einem Arztbesuch, bei dem Fatemeh für ihre Eltern auf Farsi übersetzte. Dies tat sie, seitdem sie Deutsch lernte.

»Doktor, meine Tochter möchte Lehrer werden«, sagte er mit einem breiten Lächeln.

»Lehrerin, Babajan.«

»Ja, Lehrerin.«

»Na und?« sagte der Arzt und zog dabei kurz die Schultern hoch und ließ sie wieder abrupt fallen.

»Meine Tochter wird studieren. Sie wird Lehrerin werden.«

»In Deutschland können aber Frauen mit Kopftuch keine Lehrerinnen werden«, erwiderte der Arzt.

Fatemehs Vater hörte auf zu lächeln. Auf dem Weg nach Hause sprach er kein Wort mehr. Zu Hause angekommen bat er Fatemeh, nach einem neuen Hausarzt zu schauen. Dort würden sie nie wieder hingehen, sagte er mit ruhiger Stimme.

Manchmal sorgte ein Wechsel für eine positive Veränderung im Leben. Auch Fatemeh dachte über einen Wechsel nach. Bevor Mr. G als Vertretung für Frau Seidel kam, hatte sie schon mit dem Gedanken gespielt, nach der 10. Klasse die Schule zu wechseln. Sie hatte sich schon im Internet umgeschaut. Sie wollte in eine Schule, in der sie mit ihrem Kopftuch weniger auffallen würde. In der sie keine Sprecherin aller Musliminnen sein musste, wenn es im Unterricht um die Rolle der Frau in der Gesellschaft ging.

Mr. G führte regelmäßige Einzelgespräche mit seinen Schülerinnen und Schülern zum Zwischenstand ihrer Noten. Im Feedbackgespräch erfuhr Fatemeh, dass sie in Englisch eine 1 habe. Eine 1. Endlich, dachte sie. Sie hatte die 1 schon viel früher verdient, wie sie nun wusste. Mr. G ermutigte sie, das Fach Englisch in der Oberstufe als Leistungskurs zu wählen. Er sagte ihr, dass sie ein gutes Gefühl für Sprachen habe und aufgrund ihres mehrsprachigen Hintergrunds eine sehr gute Aufnahmefähigkeit für jede weitere Sprache mitbringe.

Das Gespräch motivierte sie. Sie erzählte ihm von ihren Plänen, zum Ende des Schuljahres die Schule zu wechseln.

»Ich weiß aber auch nicht, ob es wirklich etwas bringt, wenn ich die Schule wechsle. Selbst wenn ich dann bessere Noten habe, kann ich doch eh nicht das machen, was ich eigentlich machen will.«

»Warum nicht?«

»Weil ich mein Kopftuch nicht ablegen werde. Und hier in Deutschland darf man keine Lehrerin mit Kopftuch sein.«

»Du kannst alles sein, was du bist.«

»Sie meinen, was ich will.«

»Nein, ich meine tatsächlich, was du *bist*.«

»Was meinen Sie damit? Ich verstehe nicht.«

»Ich glaube nicht daran, dass man alles sein kann, was man will. Ich meine tatsächlich, dass du alles sein kannst, was du bist. Mit anderen Worten, du bist schon vieles von dem, was du einmal werden willst.«

»Ich verstehe Sie nicht. Ich bin schon eine Lehrerin?«

»Was fühlst du, wenn du deine Nachhilfeschüler unterrichtest?«

»Freude. Ich fühle mich nützlich.«

»Welche Rückmeldung erhältst du von ihnen? Hast du das Gefühl, dass sie gerne bei dir lernen?«

»Ja, sie sagen meistens, dass ich gut erklären kann.«

»Also bist du in deinem Element, wenn du unterrichtest. Und du scheinst auch ein entsprechendes Talent dafür zu haben.«

»Ja.«

»Dann solltest du deinen Weg gehen und deiner Leidenschaft folgen.«

»Aber was ist damit?« Sie zeigte auf ihren Kopf.

»Ich sage nicht, dass dieser Weg immer einfach sein wird. Du solltest dich aber informieren, warum es so ist, wie es ist. Du könntest herausfinden, warum es in anderen Ländern möglich ist, hier aber nicht. Vielleicht kannst du ja die erste Lehrerin mit Kopftuch in Deutschland werden. Oder das Leben in einem anderen Land kommt für dich in Frage. Was immer du machst und wofür du dich entscheidest, du solltest dich nicht von deinem Weg zum eigenen Glück abbringen lassen. Folge deiner inneren Stimme, hat mir einmal jemand gesagt, als ich mich so fühlte wie du. Nun gebe ich dir denselben Rat.«

Fatemeh würde dieses Gespräch mit Mr. G nie vergessen. Sie entschied sich dafür, die Schule nicht zu wechseln.

TAREK

--- ❖ ---

An seinem 4. Geburtstag spielte Tarek mit seinem besten Freund Malik im Hinterhof. Irgendwann liefen die beiden Freunde lachend durch die Tulpen, die der Nachbar Schulze unter einem Baum in der Nähe des sich ebenfalls im Hinterhof befindenden kleinen Spielplatzes gepflanzt hatte.

Die Jungs zertrampelten beim Hin- und Herrennen die Tulpen. Frau Schulze sah das von ihrem Balkon aus und schrie die Kinder an, dass sie damit aufhören sollten. Sie machten lachend weiter.

Als die Schulzes bei Tareks Eltern Sturm klingelten und schimpften, diese sollten die Kinder aus den Tulpen holen, rannten sie sofort in den Hof, aber es war schon zu spät. Keine Tulpe stand mehr aufrecht. Tareks Eltern zerrten ihn und Malik nach Hause. Tarek verstand die ganze Aufregung nicht. Maliks Eltern, die mit zu Tareks Geburtstag gekommen waren, schimpften mit ihrem Sohn. Ihnen war es sehr unangenehm, als Malik zugab, dass es seine Idee gewesen sei. Lange blieben sie nicht mehr zu Besuch. Malik hatte große Angst davor, nach Hause zu gehen.

Tareks Vater googelte am selben Abend die Adresse des nächsten großen Gartencenters in ihrer Nähe und machte sich auf den Weg. Vorher wollte er sich noch persönlich bei den Schulzes entschuldigen. Als er über den Hof lief, bekam er mit, wie diese mit einer anderen Nachbarin über den Vorfall meckerten. Er hörte eine Weile zu, ohne sich zu zeigen.

»Der Junge hat doch einen Knacks. Die sollten ihn mal zu einem Kinderpsychologen bringen. Was soll denn als Nächstes passieren? Bald läuft er hier rum und zerkratzt Autos. Der hat eine Zerstörungswut in sich. Angsteinflößend. Der Vater ist auch noch Lehrer. Der sollte mal lieber seinen Sohn erziehen, müsste ja eigentlich wissen, wie das geht. Aber ich sag dir, das ist bei denen so. Das fängt klein an. Und dann ...«

Tareks Vater hatte genug gehört. Er zeigte sich.

»Und dann was, Herr Schulze?«

Herr Schulze schaute kurz überrascht, als er Tareks Vater sah, antwortete dann aber ungerührt: »Ja, was wohl? Sie haben ja nicht gesehen, wie Ihr Sohn hier mit seinem Komplizen alle Tulpen zertrampelt hat. Meine Frau hat versucht, sie aufzuhalten, aber denken Sie vielleicht, die hätten mal aufgehört? Neeeee. Die haben einfach lachend weitergemacht. Ins Gesicht gelacht haben die meiner Frau.«

»*Es tut mir sehr leid. Ich möchte ...*«

»*Es tut Ihnen leid, es tut Ihnen leid. Davon kann ich mir jetzt auch nichts kaufen!*«

»*Müssen Sie auch nicht. Selbstverständlich werde ich für den Schaden aufkommen. Ich fahre ...*«

»*Das ist ja wohl das mindeste, was Sie tun können. Mann, ich denke, Sie sind Lehrer! Erziehen Sie den Jungen doch mal.*«

»*Wir erziehen ihn, Herr Schulze. Das ist das erste Mal, dass er so etwas macht. Er spielt sonst auch im Hinterhof, aber er hat sich noch nie so benommen. Wir ...*«

Herr Schulze hörte ihm gar nicht zu und schimpfte weiter: »*Das ist doch kein normales Benehmen.*«

»*Meine Frau und ich haben mit ihm gesprochen und ihm erklärt, dass es ein großer Fehler war. Er wird ...*«

»*Zum Psychologen muss der Junge! Da stimmt doch etwas nicht mit dem Bengel!*«

»*Herr Schulze, bitte übertreiben Sie nicht gleich so. Wie schon gesagt, ich entschuldige mich für das Verhalten meines Sohns. Es war eigentlich unsere Schuld. Wir hätten oder zumindest einer von uns hätte bei ihm sein müssen. Aber er ist sonst immer artig, wenn er im Hof spielt. Für uns war das heute auch ein Schock.*«

Herr Schulze machte eine verächtliche Bewegung mit der Hand und ging zurück in seine Wohnung. Tareks Vater sprach weiter zu Frau Schulze.

»Der Kleine weiß in dem Alter nicht immer, was er tut. Vieles probiert er aus, um dann zu sehen, was passiert. Manchmal passieren dabei Fehler, aber aus Fehlern lernt man eben. Ich werde jetzt neue Blumen besorgen und Tarek wird dabei helfen, sie einzupflanzen.«

Gesagt. Getan. Tareks Vater kaufte noch am selben Abend nicht nur Tulpen, sondern mehrere unterschiedliche Blumen, die seine Frau am folgenden Tag unter dem Baum einpflanzte. Tarek buddelte dabei nur zwei Löcher, weil er davon schnell gelangweilt war. Er spielte auf dem kleinen Spielplatz im Hinterhof, während seine Mutter den Rest erledigte. Einige der Nachbarinnen und Nachbarn versuchten Tareks Eltern aufzumuntern, indem sie ihnen sagten, dass es mit den neuen Blumen sogar noch schöner aussehe als vorher.

Wenige Tage später lag eine Postkarte im Briefkasten von Tareks Familie. Auf der Vorderseite war ein Blumenbeet zu sehen. Der Absender war anonym. Auf der Rückseite stand die Aufschrift:

»Für Tarick nachträglich zum Geburtstag.

So schön können Blumen blühen, wenn sie denn dürfen!«

Tareks Familie und die Schulzes sprachen danach lange Zeit kein Wort miteinander. Tarek hatte damals zuerst nicht verstanden, warum sich die Familie Schulze so aufgeregt hatte, obwohl er sonst immer so brav war. Seine Eltern hatten ihm beigebracht, im Hausflur leise zu sein, die Türen möglichst geräuschlos zu schließen und nicht zu rennen. Er verstand nicht, warum die anderen Kinder im Flur laut sein durften und die Türen zuknallen konnten, wie sie wollten.

Erst als er älter war, erkannte er den Unterschied, weil sich die Situationen häuften, in denen er anders behandelt wurde.

Im Supermarkt folgte ihm der Hausdetektiv, wenn er die Einkäufe für seine Mutter erledigte. Im Jeansgeschäft stand die Verkäuferin vor der Umkleidekabine, als er mit seinen Freunden Hosen anprobierte. In Geschichte erhielt Sonja eine 2- und er eine 4+ für eine schriftliche Hausaufgabe, die sie zusammen gemacht hatten. Sie hatten denselben Text abgegeben.

Er musste nur eins und eins zusammenzählen, um zu verstehen, warum die anderen Kinder im Hausflur laut sein durften und die Türen zuknallen konnten, wie sie wollten, und er nicht.

Als in den USA erneut ein unbewaffneter schwarzer Mensch von einem Polizisten erschossen worden war, behandelte Mr. G das Thema *Black Lives Matter* im Englischunterricht und stellte einen Zusammenhang zwischen dem Rassismus in den USA und dem Alltagsrassismus in Deutschland her. Zu Beginn des Unterrichts setzte er sich in der Mitte des Klassenraumes auf einen Stuhl und behauptete, der Stuhl sei ein *Hot Seat*. Auf diesem heißen Stuhl sei er nicht mehr ihr Lehrer Mr. G, sondern jemand, der wütend sei, weil er eine traurige Erfahrung gemacht habe, die sie als Klasse nun mithilfe von Fragen ergründen sollten. Zuerst sollten sie herausfinden, wer er sei, und anschließend, warum er auf dem Stuhl sitze.

Sie erfuhren seinen Namen: Er heiße Adisa. Sein Alter: Er sei 18 Jahre alt. Der Grund für seine Wut: Er habe die Führerscheinprüfung nicht bestanden. Warum er wütend war, wenn doch so viele Leute durch die Prüfung fallen würden, sie aber meistens beim zweiten Mal bestünden, mussten sie noch ergründen. Weitere Fragen machten es für die Schülerinnen und Schüler möglich, ein Gesamtbild der Prüfungssituation zu erhalten.

Adisa war nicht der alleinige Prüfling an diesem Tag gewesen. Sie waren zu zweit. Martin und er. Der Prüfer gab Martin die Hand, Adisas ausgestreckte Hand fasste er nicht an. Zu ihm sagte er nur: »Na, dann wollen wir mal.« Mit anderen Worten: Adisa war zuerst an der Reihe. Sein Fahrlehrer saß auf dem Beifahrersitz. Adisa strengte sich an, beim Fahren besonders vorsichtig zu sein, obwohl die Fahranweisungen, die ihm von der hinteren Sitzbank in einer seinem Empfinden nach unangebrachten Lautstärke befohlen wurden, ihn zunehmend nervös machten. Adisa fiel auf, wie anders der Prüfer sich gegenüber Martin verhielt, der ebenfalls auf der hinteren Sitzbank saß. Ganz ruhig erklärte er diesem, was ihn erwarten würde, und versuchte, ihm die Aufregung, die ihm ins Gesicht geschrieben stand, zu nehmen. Als Adisa 45km/h in einer 50er-Zone fuhr, beklagte sich der Prüfer: »Mann, drück mal ein bisschen auf die Tube. Ich will heute noch ankommen.« Als Adisa mit 32km/h in einer 30er-Zone fuhr, schrie der Prüfer ihn an: »Hör auf so zu rasen, sonst ist die Prüfung gleich vorbei!« Nach 42 Minuten hatte der Prüfer sein Ziel erreicht. Adisa fuhr zu schnell in einer 30er-Zone, weil er das Schild nicht gesehen hatte. Seine Prüfung war vorbei.

Martins Prüfung fing an und endete nach acht Minuten, als er einen LKW ausbremste. Das konnte der Prüfer nicht durchgehen lassen, nachdem er schon ein Auge zugedrückt hatte, weil Martin nach drei Minuten eine Spur gewechselt hatte, ohne den Blinker zu setzen.

Adisa musste währenddessen neben dem Prüfer sitzen. Er schwitzte vor Wut. Er hatte von Anfang an keine Chance gehabt, die Prüfung zu bestehen. Was aber noch viel schlimmer für ihn war: Der Fahrlehrer hatte sich während der Prüfung nicht einmal für ihn eingesetzt.

Tarek konnte die Wut Adisas nachempfinden. Nachdem Mr. G vom Stuhl aufgestanden war, sagte er, dass alle Menschen Vorurteile in sich tragen würden. Die einen weniger, die anderen mehr. Es sei nicht die eigene Schuld, Vorurteile zu haben, denn die Gesellschaft füttere einen damit schon ab einem sehr jungen Alter.

Allerdings hätten alle Menschen eine Verantwortung. Die Verantwortung, sich mit den Vorurteilen auseinanderzusetzen. Die Verantwortung, anderen Menschen nicht zu schaden, so wie Adisas Prüfer. Die Verantwortung, nicht zu schweigen, wenn eine Ungerechtigkeit geschehe, so wie Adisas Fahrlehrer.

Die Schülerinnen und Schüler sollten anschließend ein Essay schreiben, in dem sie ihre eigenen Erfahrungen mit Alltagsrassismus und Stereotypen thematisierten. Tarek wusste nicht, wo er beginnen und wo er aufhören sollte.

Can

Immer wenn Mr. G morgens in die Schule kam und den Hausmeister sah, grüßte er ihn mit einem Faustcheck. Die beiden verstanden sich gut und nannten sich beim Vornamen: Adisa und Ismail. Adisa hatte ihm erzählt, dass er ihm fast seinen Job streitig gemacht habe, weil er in seinem Einstellungsgespräch mit einem Bewerber für die Hausmeisterstelle verwechselt worden wäre. Die Geschichte brachte die beiden Männer immer zum Lachen.

Ismail war allen anderen in der Schule bekannt als Herr Küçük. Er war täglich vor den Schülerinnen und Schülern in der Schule und erst lange, nachdem der Unterricht geendet hatte, endete seine Arbeit. Da er neu an der Schule war, wollte er sich besonders beweisen und einen guten Job machen. Es gab immer etwas zu tun. Wie der Schulleiter Adisa damals vorgewarnt hatte. Sein Vorgänger hatte ihm eine Menge Arbeit hinterlassen. Die Bewerber vor ihm waren davon abgeschreckt und entschieden sich für andere Stellen. Ismail war geblieben. Er hatte sogar seinen Sohn Can in der Schule angemeldet, um ihn in seiner Nähe zu haben. Die Schule machte einen guten Eindruck auf ihn und er hatte schon lange nach einer neuen Schule für Can geschaut. Er war mit Cans bisheriger Schule unzufrieden, weil andauernd der Unterricht ausfiel.

Als einmal das Licht im Klassenzimmer flackerte, sagte Florian: »Soll Can doch seinen Vater holen, damit er das repariert.« Einige lachten. Can war verärgert. In der Pause schlug er sich mit Florian. Sein Vater sah sie und zerrte sie auseinander. Can schubste ihn und schrie: »Lass mich! Das ist alles nur deine Schuld!« Ismail verstand nicht und schaute seinen Sohn fragend an, während Can sich mit Tränen in den Augen von ihm abwandte.

Can mied seinen Vater auf dem Schulgelände. Er wollte nicht, dass man sie zusammen sah. Dass sie Vater und Sohn waren, hatte aber schon die Runde gemacht, sodass Ismail mehrmals die Woche dieselbe Frage von grinsenden Schülerinnen und Schülern beantworten musste: »Sind Sie Cans Vater?« Im Laufe der Zeit verstand er, warum sein Sohn so eine schwierige Zeit an seiner neuen Schule hatte.

Ismail erzählte Adisa von seinen Sorgen. Cans schulische Leistungen würden immer schlechter. Er falle auch immer häufiger unangenehm auf. Als wolle er ein schlechter Schüler sein, um von der Schule zu fliegen, vertraute er Adisa an.

Er wisse nicht, wie er mit ihm umgehen solle. Er fühle sich schuldig, weil er ihn dort angemeldet habe. Adisa sah die Verzweiflung in Ismails Gesicht.

Nach diesem Gespräch, auf dem Weg nach Hause, dachte Adisa an Ismail. An einen Vater, dessen Sohn sich immer mehr von ihm distanzierte. Er musste an seine Beziehung zu seinem Vater in Ghana denken. Ob er wohl auch so traurig war, weil er ihm nie zurückschrieb? Wie würde er wohl reagieren, wenn er wüsste, dass Adisa bisher keinen seiner Briefe gelesen hatte?

Trotzdem hatte sein Vater all die Jahre nicht aufgehört, ihm aus Ghana zu schreiben. Er bewahrte die ungeöffneten Briefumschläge im Schuhkarton seiner allerersten Jordans auf.

Als seine Mutter wieder einmal fragte, ob er schon angefangen habe, sie zu lesen, schüttelte Adisa nur den Kopf. »Kein Problem. Das wirst du noch. Eines Tages, wenn du dich dazu bereit fühlst, wirst du sie lesen.« Er simulierte Desinteresse, aber aufheben wollte er die Briefe trotzdem weiterhin. Immer wieder erklärte sie ihrem Sohn geduldig die Beweggründe für das Weggehen seines Vaters:

»Kwame fühlte sich von Anfang nicht wohl in Deutschland.«

»Warum nicht?«

»Monatelang konnte er keine Wohnung für uns finden. Anders gesagt, er fand viele Wohnungen, aber niemand wollte uns als Mieter haben.«

»Wo habt ihr denn gelebt?«

»Bei Freunden. Sie waren schon vor uns aus Ghana nach Deutschland zum Studieren gekommen. Das war auch noch so eine Sache. Es war ihm irgendwann peinlich, so lange bei ihnen zu wohnen. Er wollte niemandem zur Last fallen. Für sie war das kein Problem, denn sie kannten das Problem bei der Wohnungssuche. Sie hatten die Erfahrung ja selbst gemacht, aber dein Vater fühlte sich trotzdem unwohl.«

»Okay, aber irgendwann habt ihr doch eine Wohnung gefunden.«

»Ja, das haben wir.«

»Und trotzdem ist er weggegangen.«

»Viele weitere Erfahrungen haben an ihm genagt. Als er zum Beispiel das erste Mal in eine Kneipe ging, wurde er beschimpft und bedroht. Die negativen Erfahrungen häuften sich und er konnte irgendwann gar keine Momente des Glücks mehr genießen.«

»Warum bist du nicht mit ihm gegangen? Warum bist du geblieben, wenn es hier so schlimm war? Ghana ist doch auch deine Heimat.«

»Mein Sohn, Heimat ist dort, wo es nicht egal ist, dass es dich gibt.«

Adisa dachte einen langen Moment darüber nach.

»Wie konntest du dir so sicher sein?«

»Ich wollte studieren. Auch wenn es nicht immer einfach gewesen ist, wusste ich, dass ich meinen Weg hier gehen möchte. Hier kann ich tatsächlich etwas bewirken, wenn ich mich für die Menschen einsetze, die hier ein besseres Leben suchen. Damit sie andere, bessere Erfahrungen machen als dein Vater und ich.«

»Aber wie konnte er dich verlassen? Ihr habt euch doch geliebt.«

»Es sagt ja auch keiner, dass es einfach gewesen sei. Wir mussten aber beide einsehen, dass wir uns gegenseitig im Wege standen. Er sah seine Zukunft in Ghana und ich sah meine Bestimmung hier. Wir waren nicht verheiratet. Dich gab es noch nicht. Nach deiner Geburt gab es dich für deinen Vater noch weitere zwei Jahre nicht. Ich wollte nicht, dass er sich gezwungen fühlen könnte, wegen dir hierher zurückzukehren. Er war so glücklich in Kumasi.«

»Als er wusste, dass es mich gibt, wollte er aber trotzdem nicht zurückkommen, oder was?«

Adisa versuchte keine Miene zu verziehen.

»Na ja, wir führten mittlerweile zwei unterschiedliche Leben. Unsere Beziehung war eher freundschaftlich. Er hatte geheiratet und war erneut Vater geworden. Deine Halbschwester war fast ein Jahr alt, als dein Vater von dir erfuhr.«

»Wie?«

»Er hörte deine Stimme über das Telefon. Als er fragte, wer du seist, wollte ich ihn nicht anlügen. Ich war damals sehr verwundert, muss ich sagen.«

»Warum?«

»Ich dachte immer, dass er enttäuscht von mir wäre.«

»War er das nicht?«

»Nein, er war sehr glücklich von dir zu erfahren und dich in dem Moment auch zu hören. Er rief mich am nächsten Tag wieder an und sagte, er würde deine Stimme gerne noch einmal hören. Bis du drei warst, hast du oft mit deinem Vater telefoniert.«

»Und dann hörte er auf anzurufen.«

»Im Gegenteil. Er meldete sich regelmäßig. Nachdem ich aber deinen Baba kennengelernt hatte, entschieden wir uns dafür, dass du nur eine Vaterfigur in deinem Leben haben solltest. Es machte deinen Papa traurig, aber er verstand es.«

»Dann kamen die Briefe?«

»Nicht sofort, aber irgendwann hatte dein Papa die Idee, dir zu schreiben. Es war seine Art, mit dir in Verbindung zu bleiben. Er war damit einverstanden, dass ich die Briefe die erste Zeit nur aufhebe. Er verstand, dass Ali erst einmal als dein Baba für dich verantwortlich war. Trotzdem wollte er nicht aufhören zu schreiben. Ich glaube, er wollte, dass du ihn kennst und seine Entscheidung, Deutschland zu verlassen, verstehst.«

Adisas Mutter machte eine Pause. Dann fuhr sie fort: »Kannst du dich an die Schlägerei in der Schule erinnern, als Maximilian dich beleidigt hat?«

»Ja.«

»*Nach dieser Situation in der Schule hast du viele Fragen gestellt. Deswegen haben Ali und ich beschlossen, dir dann doch von deinem Papa zu erzählen und dir die Briefe zu geben.*«

Adisa schaute aus dem Fenster. Eine Amsel landete auf der Fensterbank.

»*Ich weiß, es ist gerade nicht einfach für dich. Du bist 17 Jahre alt und du versuchst allem einen Sinn zu geben. Du findest dich gerade. Zumindest suchst du gerade. Du suchst nach vielen Antworten. Und das ist gut.*«

Adisa schaute wieder zu seiner Mutter.

»*Ich weiß auch, du hast ihm nicht verziehen. Noch nicht. Vor allem, weil er dich noch nie besucht hat. Deshalb liest du seine Briefe nicht. Wenn du dich dazu bereit fühlst, öffne einfach den ersten Briefumschlag. Du selbst entscheidest wann.*»

Sie umarmte ihn ganz fest.

ADISA

◆◆◆◆

Ismail hatte Adisa darum gebeten, mit seinem Sohn zu sprechen, weil jedes Gespräch zu Hause nur in einen Streit ausartete.

»Dein Vater glaubt, du schämst dich für ihn.«

»Ich weiß. Tu ich aber nicht.«

»Was ist es dann?»

»Ich bin einfach nur angepisst.«

»Ich verstehe. Du bist verärgert. Warum bist du verärgert?«

»Haben Sie sich noch nie über Ihren Vater geärgert?«

Adisa schwieg einen Moment. Dann lächelte er.

»Wenn du wüsstest. Ich bin sogar in diesem Moment noch, wie man so schön auf Englisch sagt, pissed wegen ihm.«

»Echt? Warum?«

„Na ja, ist eigentlich eine lange Geschichte, aber ich habe meinen Vater nie wirklich kennengelernt. Er ist zurück nach Ghana, bevor ich auf die Welt gekommen bin.«

»Oha, und er ist nie hergekommen?«

»Nein. Mein Vater war nie hier bei mir. Genau deshalb solltest du glücklich darüber sein, dass du deinen Vater hast. Er hat dich sogar an die Schule geholt, an der er arbeitet, um näher bei dir zu sein. Außerdem dachte er sich, dass du hier einen besseren Abschluss machen könntest. Allerdings haben deine Leistungen sehr nachgelassen.«

»Ich weiß das ja alles. Das Ding ist: Ich wollte nicht weg von meiner alten Schule.«

»Mochtest du es dort so sehr?«

»Nee, ich fand die Schule eigentlich nicht wirklich gut.«

»Ich verstehe. Also ist es wegen deinen Freunden dort?«

»Na ja, mehr wegen … einer Freundin.«

»Okay. Hast du das deinem Vater gesagt?«

»Nein.«

»Warum nicht?«

»Na ja, er war so beeindruckt von dieser Schule hier und ich bin ja auch gerne in Ihrer Klasse. Außerdem dachte ich ja, dass ich sie trotzdem weiterhin sehen könnte; selbst wenn wir auf unterschiedlichen Schulen sind.«

»Aber dann kam jemand anderes ins Spiel?«

»Ja. Sie trifft jetzt jemand anderen. Woher wissen Sie das?«

»Sagen wir mal so, ich habe schon einmal etwas Ähnliches durchgemacht. Mr. G hatte auch schon Liebeskummer in der Vergangenheit.«

Er fasste sich ans Herz, krümmte sich vor Schmerz und sagte:

»Die Ladies, die Ladies.«

Beide lachten.

»Schau mal, Can. Solange dein Vater nicht weiß, warum du verärgert bist, wird sich die Situation nicht bessern. Ich denke, du solltest mit ihm darüber sprechen und ihn wissen lassen, dass es hier um ein Mädchen geht. Dein Vater war ganz sicher auch schon mal verliebt. Er wird dich verstehen.«

»Ich weiß. Im Nachhinein tut es mir auch immer wieder leid, aber es sind so viele andere Dinge wegen denen wir uns dann streiten, sodass wir über das eigentliche Problem nie gesprochen haben. Mal waren es die Noten, mal, dass ich ihn nicht beachte, wenn ich ihn hier in der Pause sehe. Dann kamen noch die blöden Sprüche von den anderen Schülern dazu. Aber es stimmt. Wir haben wirklich nie über den eigentlichen Grund gesprochen, warum ich sauer bin. Das muss sich ändern. Thanks, Mr. G.«

»You're welcome.«

Mr. G gab ihm einen Faustcheck, so wie er ihn auch seinem Vater immer gab. Can stand auf und ging in Richtung Tür. Nach ein paar Schritten blieb er stehen, drehte sich um und sagte:

»Mr. G.«

»Ja.«

»Warum fliegen Sie denn nicht hin?«

»Wohin?«

»Na, zu Ihrem Vater. Nach Ghana. Er war noch nie bei Ihnen. Aber Sie waren auch noch nie bei ihm. Also, warum fliegen Sie denn nicht zu ihm?«

Adisa wusste nicht, was er darauf antworten sollte. Can zog die Schultern hoch, drehte sich um und ging. Adisa blieb noch eine Weile im Raum und dachte nach.

Würde er hinfliegen?

Dafür müsste er ihm vorher verzeihen.

Könnte er ihm verzeihen?

Er wusste es nicht, aber an diesem Tag öffnete er den ersten Brief.

MAKEDA

Immer wenn es regnete, lächelte Makeda. Sie mochte Regen. Es hatte auch geregnet, als Makedas Eltern damals noch vor ihrer Geburt ihre Hochzeit unter den Bäumen im Dorf gefeiert hatten. Einige der Gäste sahen es als böses Omen an, aber für ihre Eltern, die sich sehr liebten, war es der Himmel, der vor Glück weinte. Die Liebe von Makedas Eltern war von Anfang an sehr groß und sie wuchs und wuchs entgegen aller Widerstände und Kämpfe. Denn die Familien der beiden waren seit jeher zerstritten. Es war eine Romeo-und-Julia-Geschichte. Allerdings mit Happy End. Noch heute erzählen die Menschen im Dorf von ihrer Liebesgeschichte.

Makedas Liebe galt vor allem dem Tanzen. Natürlich liebte sie auch Kofi und Kofi liebte auch sie, aber noch mehr liebte Kofi sich selbst. Er war leidenschaftlicher Streetdancer, genauso wie sie. Er hatte schon viele Battles gewonnen und war bekannt in der Szene. Makeda hatte mittlerweile auch schon ihren ersten Hip-Hop-Battle gewonnen. Sie hatte hart dafür trainiert und es war nicht der erste Battle, an dem sie teilnahm, aber diesmal hatten sich die harte Arbeit und die intensive Vorbereitung ausgezahlt. Mit jedem verlorenen Battle hatte sie dazugelernt und wusste, woran sie arbeiten musste. Sie war sich sicher, ihre Zeit würde kommen, solange sie nicht aufgab.

Ihr Traum war es, mit ihrer Tanzgruppe bei der Berliner Streetdance-Meisterschaft in der Kategorie *Profis* zu gewinnen. Dann würde sie sich mit den Besten der Stadt messen. Der Sieg würde vielleicht zu Auftritten und sicherlich zu mehr Anerkennung und Respekt führen.

Wenn Makeda von ihrem Hobby, dem Tanzen, erzählte, waren die Leute immer sehr interessiert. Oft gingen sie aber davon aus, dass sie Jazz oder Ballett tanze. Sie hatte eine sehr zierliche Figur, sodass die Menschen verwundert waren, wenn sie erzählte, dass ihr Herz für Hip-Hop schlug. Manchmal musste sie ihre Leidenschaft sogar verteidigen, weil tanzende Frauen im Hip-Hop oft nur auf ihr Aussehen und ihren Körper reduziert wurden. Das ärgerte sie. Sie entschloss sich, mit einigen Freundinnen eine rein weibliche Streetdance-Gruppe zu gründen, in der es in erster Linie um die tänzerischen Skills ging. Sie nannten sich die *SHEnanigans Dance Crew*. Ihre Hoodies mit ihren Initialen *SDC* trugen sie stolz und traten in der Öffentlichkeit als eine starke Einheit auf.

Makeda gab im Jugendzentrum in der Nähe des Kott-busser Tors sogar schon Tanzunterricht. Sie bekam kein Geld dafür, aber als Gegenleistung durfte sie mit ihrer Gruppe den Trainingsraum nutzen, wann immer er frei war. Es war eine Win-win-Situation für alle Beteiligten: Die Jugend-lichen, die an ihrem Tanzunterricht teilnahmen, machten etwas Vernünftiges in ihrer Freizeit und sie und ihre Mädels konnten in Ruhe proben. Sie war sehr glücklich über diese Abmachung.

Makeda choreographierte die Shows ihrer Gruppe. Sie spielte mit dem Gedanken, ihre Leidenschaft zum Beruf zu machen, war sich aber noch nicht sicher. Ihre eigene Tanz-lehrerin erzählte ihr einmal: »Weißt du, Makeda, es ist schon traurig. Je mehr Erfolg du als Tänzerin oder Choreographin hast, desto weniger interessieren sich die Leute für dein Tanzen. Es wird alles sehr oberflächlich. Mittlerweile kann ich es nicht mehr so genießen wie früher. Obwohl ich meine Rechnungen damit bezahle.« Makeda wollte nicht auch die Lust am Tanzen verlieren. Vielleicht würde sie es sogar wie Mr. G machen, dachte sie. Er hatte nämlich studiert und ge-tanzt. Mit dem Tanzen hatte er sich sein Studium finanziert. Seine Hip-Hop-Tanz-AG in der Schule war sehr beliebt und Makeda verpasste keine einzige Tanzstunde.

Makedas Mutter erzählte immer gerne davon, wie ihre Tochter schon als Kind auf der Wiese getanzt habe, wenn sie im Park mit der ganzen Familie picknicken gewesen seien, obwohl es keine Musik zu hören gegeben habe. »Es war so, als würde sie Musik hören, die nur für ihre Ohren bestimmt war«, sagte ihre Mutter. Ihre Eltern waren sehr stolz auf sie. Ihr älterer Bruder Ermias machte sich immer lustig über sie, wenn sie in ihrem Zimmer vor dem Spiegel übte, aber sie ließ sich nicht ärgern.

Nach dem Umzug von Kreuzberg nach Steglitz waren Makeda und ihre Mutter im Park gegenüber der neuen Wohnung einmal zusammen picknicken. Es war Sommer. Die Sonne schien. Makeda bewunderte die Haare ihrer Mutter, die in der Sonne glänzten. Eine Gruppe von Jungs kam und warf sich gegenseitig einen Football zu, während einer von ihnen mit dem Handy filmte. Zweimal mussten sich Makeda und ihre Mutter ducken wegen des Balls, der zu nah über ihre Köpfe flog. Die Jungs gingen schon nach kurzer Zeit wieder. Vermutlich hatten sie genug Handyvideos gemacht.

Etwas später ging ein Mann Gassi mit seinem Hund. Als er Makeda und ihre Mutter auf ihrer Picknickdecke sitzen sah, sagte er: »Das ist hier keine Liegewiese. Hier gehen die Anwohner mit ihren Hunden Gassi. Und die Hunde machen hier ihr Geschäft, wenn Sie verstehen, was ich meine. Wenn ich Sie wäre, würde ich mich nicht aufs Gras setzen.« Makeda übersetzte für ihre Mutter. Sie sprang sofort auf. Der Mann lachte. Sein Hund schloss sich ihm an und bellte.

Sonntagmorgen. Die Familie saß am Frühstückstisch. Ermias stocherte mit seiner Gabel im Rührei herum. Für Makeda war klar, dass er wieder einmal nicht in den Club reingekommen war. Beim vorletzten Mal hieß es: »Nur mit weiblicher Begleitung.« Das letzte Mal sagten sie: »Deine Freundin darf rein. Du nicht. Der Chef will keene Schwarz-köppe im Laden.« Dabei war seine Begleitung eigentlich seine Cousine Ayana und hatte auch schwarze Haare. Ayana setzte sich für ihn ein, aber er zog sie weg und versuchte seine Wut im Zaum zu halten. Sie entfernten sich entlang der Schlange von dem vom Bass bebenden Gebäude. Dieser Weg zurück war immer der schlimmste Teil des Abends. Die vielleicht gerade mal 48 Sekunden, die der Rückzug brauch-te, kamen ihm vor wie 48 Stunden. Während er schnell lief, hoffte er niemanden aus der Schlange zu kennen. Er konnte aber auch nicht zu schnell laufen, weil er Ayana in ihren hohen Schuhen nicht hetzen wollte. Einige beachteten sie nicht, manche flüsterten, andere starrten sie an. Ermias wusste nicht, welche der Reaktionen schlimmer war.

Makeda wartete ab und sprach ihn erst einmal nicht an. Sie ließ ihn lieber später erzählen, was dieses Mal passiert war.

SASCHA

»*Die Kanaken kriegen immer die Stammplätze. Aber keine Sorge. Ich kümmere mich darum. Ich habe schon mit ein paar Leuten gesprochen. Bald werden sich die Dinge ändern. Du musst aber auch besser werden. Schneller werden. Mehr Einsatz zeigen. Du bist immer noch zu langsam auf deiner Position.*«

»*Ja, ich weiß.*«

»*Ja, du weißt. Das sagst du immer. Nicht wissen. Machen ist jetzt mal angesagt.*«

»*...*«

Saschas Vater hatte erfolgreich in der 2. Bundesliga gespielt. Gerade als es besonders gut in seiner Karriere als Fußballprofi lief, zog ihm eine Knieverletzung einen Strich durch die Rechnung. Dem Fußball blieb er dennoch treu und wurde Jugendtrainer.

Als Trainer war er für seine strenge Art, aber auch für seine Erfolge bekannt. Sascha war dennoch froh, dass er nicht sein Trainer war. Manchmal wünschte er sich, er würde nicht einmal zu seinen Spielen kommen. Wenn sein Vater nicht zusah, spielte Sascha besser. Er fühlte sich freier und konnte das Spiel genießen. Wenn er dabei war, fühlte er sich gehemmt.

Einmal saß Sascha nach der Schule im Bus auf dem Weg nach Hause. Ein Junge weinte.

»Hör auf zu weinen. Jungs weinen nicht«, sagte sein Vater.

»Ich bin kein Junge! Ich bin Raphael!«, schrie ihn sein Sohn an.

Sascha war verwundert über Raphaels Reaktion. Er war noch so jung und widersprach seinem Vater ohne jegliche Angst. Er fragte sich, ob er in seinem Alter auch so mutig gewesen war. Sein Vater würde eine solche Widerrede auf keinen Fall dulden.

Deshalb war er auch erstaunt, als Can seinen Vater auf dem Schulhof anschrie. Im Nachhinein tat es ihm leid, dass auch er gelacht hatte, als Florian den Witz über Cans Vater gemacht hatte. Er wusste aber nicht, wie er es wiedergutmachen konnte.

Der kleine Raphael im Bus erinnerte Sascha an seine jüngere Schwester Amelie. Sie konnte auch immer so ehrlich und direkt sein, wenn sie es wollte. Wenn sie ihn mit ihren Kulleraugen anschaute, konnte er ihr keinen Wunsch abschlagen. Ihre Eltern arbeiteten beide, sodass es morgens zu Hause immer sehr hektisch werden konnte, wenn sich die Familie auf den anstehenden Tag vorbereitete. Sascha half Amelie beim Anziehen, spielte mit ihr und brachte sie sogar in die Kita, bevor er in die Schule ging. Er hatte sich an das Frühaufstehen gewöhnt und die Eltern fanden es sehr praktisch, dass die Kita auf dem Weg zu seiner Schule war.

Jeden Morgen liefen sie an einem bestimmten Hipstercafé vorbei. Jeden Morgen las er das Schild über dem Tresen, um zu sehen, ob es noch dort hing. Die Aufschrift *Fuck Yoga* leuchtete in einem Neongelb und jeden Morgen hoffte Sascha, dass er Amelie nie erklären müsste, was auf dem Schild stand. Zu seiner Verwunderung schaute sie es sich auch immer an und grinste dabei. Verstand sie es? Neiiin. Das kann nicht sein, dachte er. Das muss die leuchtende Farbe des Schilds sein, die ihr bestimmt gefällt, redete er sich ein. Den wahren Grund wollte er aber auch nicht wissen. Er traute sich nicht zu fragen.

Oft trödelte Amelie auf dem Weg zur Kita. Dann musste Sascha die letzte Strecke zur Schule rennen. Bisher hatte er es aber immer noch rechtzeitig zum Unterricht geschafft.

»Guck mal, ein Mariechenkäfer.«

»Ja, schön, aber Amelie, wir müssen uns bitte beeilen.«

»Wieso?«

»Na, weil ich sonst zu spät zur Schule komme.«

»Bist du schon einmal wegen mir zu spät gekommen?«

»Nein. Zum Glück nicht. Ich muss dann aber jedes Mal rennen, wenn ich es noch pünktlich schaffen will.«

»Das ist nicht schlimm. Du bist doch Fußballer. Außerdem sagt Papa sowieso immer, dass du schneller werden musst.«

»…«

Da war sie wieder. Amelies Direktheit.

Sascha war sich sicher, dass sie nur ehrlich sagte, was sie dachte. Denn die Bedeutung von Sarkasmus konnte sie noch nicht kennen. Sascha musste lächeln.

MIA

Mr. G war aufgefallen, dass Mia am liebsten in der letzten Reihe saß und wenig mit den anderen aus der Klasse zu tun hatte. Nur ihre Freundin Nina, die sie noch aus der Grundschule kannte, sollte neben ihr sitzen. Mit Nina war sie sehr vertraut. Andere Menschen schaute sie nicht an, wenn diese mit ihr sprachen.

In ihrem Handballverein zählte sie zu den Besten, aber als sie zum Auswahltraining eingeladen wurde, wäre sie am liebsten nicht hingegangen. Sie wollte ihre Stärken nicht zeigen und nicht auffallen. Aber sie wollte auch ihre Eltern nicht enttäuschen. Also nahm sie daran teil.

Am zweiten Tag des Trainingscamps hatte sie sogar kurz darüber nachgedacht, so zu tun, als ob sie krank sei. Genauso wie an dem Tag, als sie im Englischunterricht eine Präsentation halten sollte. Da hatte es ja auch geklappt.

Ihre Eltern hatten ihr abgenommen, dass sie sich nicht gut fühlen würde. So konnte sie den ganzen Tag im Bett liegen bleiben und Sudoku spielen, nachdem ihre Eltern zur Arbeit gefahren waren. Zahlen lagen ihr zwar mehr als Buchstaben, aber eine Präsentation in Mathe hätte sie alleine deswegen nicht gerne gemacht, da sie ungern im Mittelpunkt stand.

Mr. G hatte sich nicht gewundert, als sie am Tag der Präsentation nicht erschienen war. Sie erhielt eine weitere Chance. Er vereinbarte mit ihr einen neuen Termin und gab ihr Tipps, wie sie sich gut auf die Präsentation vorbereiten konnte.

Mia biss die Zähne zusammen und übte oft zu Hause vor dem Spiegel. Zuerst mit den Karteikarten, auf denen Stichpunkte standen, die Mr. G mit ihr zusammen durchgegangen war. Mit der Zeit schaute sie immer seltener auf ihre Karteikarten, nahm sich aber vor, diese während der Präsentation trotzdem in der Hand zu halten. Die Stichpunkte gaben ihr noch mehr Sicherheit. Sie konnte jederzeit draufschauen, wenn sie nicht mehr weiterwusste. Eine Uhr, die sie sich hingestellt hatte, half ihr dabei, nicht zu schnell zu sprechen und die Zeit voll auszunutzen.

Am Tag ihrer Präsentation war sie so aufgeregt, dass ihre Hände zitterten. Sie schaute sich ihre Karteikarten noch einmal in der Pause vor dem Englischunterricht an. Nina war bei ihr und ermutigte sie. »Keine Sorge, du schaffst das. Außerdem kannst du bei Mr. G locker bleiben.«

Während der Präsentation nahm die Aufregung mit jedem Wort, jedem Satz ab. Als alle am Ende klatschten, konnte sie es kaum glauben, dass sie vor ihrer Klasse alleine auf Englisch eine Präsentation gehalten hatte.

Auch in der letzten Stunde, während des Ethikunterrichts, waren ihre Gedanken immer noch bei ihrer Präsentation. Ständig schaute sie auf die Uhr an der Wand. Als es dann endlich klingelte, umarmte sie Nina und ging sofort los. Ihre Füße liefen noch schneller als sonst nach Hause. Sie wollte ihren Eltern davon erzählen, wie gut ihre Präsentation gelaufen war.

Unterwegs fiel ihr ein, dass sie vor lauter Aufregung vergessen hatte, sich bei Mr. G für seine Hilfe zu bedanken. Sie nahm sich fest vor, das am nächsten Tag nachzuholen.

Als sie zu Hause ankam, sah sie ihren Vater im Schlafzimmer seinen Koffer packen, während ihre Mutter im Wohnzimmer rauchte und Wein trank.

»Du bist früher da als sonst. Ist irgendwas passiert?«

»Nein. Fährst du irgendwohin?«

»Ich werde für eine Zeit lang ausziehen. Deine Mama und ich haben uns entschlossen, uns eine Auszeit zu nehmen.«

Ihr Vater packte weiter, ohne sie anzuschauen.

»Wie jetzt? Trennt ihr euch oder was?«

»Nein. Das hat doch keiner gesagt. Wir machen erst einmal eine Pause. Wie war die Schule?«

Er erhielt keine Antwort. Stattdessen hörte er das laute Zuknallen einer Tür und schaute auf. Seine Tochter war nicht mehr da.

AYNUR

⸱⸱⸱⸱⸱⸱⸱⸱⸱⸱⸱⸱⸱⸱⸱⸱⸱⸱ ◆◆ ◆ ◆◆ ⸱⸱⸱⸱⸱⸱⸱⸱⸱⸱⸱⸱⸱⸱⸱⸱⸱⸱

Makeda überredete Aynur bei SDC mitzumachen. Sie hatte sie beim Tanztraining mit Mr. G gesehen und war sofort beeindruckt von ihrer Ausdruckskraft und Präsenz. Makeda war verwundert, weil Aynur ihr vorher nie aufgefallen war. Im Unterricht war sie immer sehr zurückhaltend, aber beim Tanzen erstrahlte sie förmlich. Sie stellte sich auch immer in die erste Reihe, um die Choreographie von Mr. G so gut wie möglich zu lernen, die er ihnen in der Streetdance-AG beibrachte.

Zuerst wollte Aynur nicht bei SDC mitmachen. Sie wusste, dass die Crew auch außerhalb der Schule trainierte. Das war für sie unmöglich. Bisher konnte sie die AG geheim halten. Ihre Familie dachte, sie hätte normalen Sportunterricht. Sie wusste, ihre Brüder würden ausrasten, wenn sie mitbekämen, dass sie tanzte.

Makeda verstand ihre Sorgen, weil sie Aynurs Brüder kannte und wusste, wie ihre Einstellung gegenüber Hip-Hop war. Das lag aber daran, so die Überzeugung Makedas, dass sie nur die Art Rap kannten, bei dem die Frauen in den Texten und den Musikvideos fast nie gut wegkamen, außer es ging um die Mütter der Jungs.

»Ganz ehrlich, ich kenne keine andere Tänzerin mit Kopftuch, die so tanzt wie du. Oder die überhaupt Hip-Hop tanzt. Du könntest für so viele andere Mädchen ein Vorbild sein. Das ist der Grund, warum ich die Crew gegründet habe: Mädchen wie du und ich sollen ihre Bühne bekommen und zeigen, was sie können.«

»Ich sage ja nicht, dass ich keine Lust darauf habe. Es geht einfach um meine Familie. Du weißt doch, wie meine Brüder ticken. Die würden mich umbringen.«

»Wir müssen einen Weg finden. Ich helfe dir dabei. Wir müssen deinen Brüdern zeigen, dass unser Tanz nicht das ist, was sie denken, was es ist.«

»Wie soll das gehen? Die glauben, Hip-Hop-Tänzerinnen machen dasselbe wie Stripperinnen.«

»Ja, weil sie uns noch nicht gesehen haben. Wir haben in gut zwei Monaten eine Show mit Mr. G. Die Choreo von Mr. G wird dann auf dem Musikabend der Schule in der Aula aufgeführt.«

»Ja, ich weiß. Da wollte ich eigentlich nicht mitmachen.«

»Warum nicht?«

»Na ja, ich denke nicht, dass ich bis dahin alles draufhabe. Ich bin später zur AG dazugekommen.«

»Keine Sorge. Ich helfe dir dabei. Wir können in den Freistunden üben.«

»Und was ist mit meinen Brüdern? Du hast wohl vergessen, dass sie auf dieselbe Schule gehen.«

»Ja, genau. Deshalb ja.«

»Wie jetzt?«

»Na, wenn wir auftreten, kommen deine Brüder oder deine Familie zuschauen. Dann werden sie sehen, wie gut du bist und wie glücklich es dich macht zu tanzen.«

»Ich weiß nicht, ob das so eine gute Idee ist.«

»Vertrau mir. Wir schaffen das. Mein Job ist es, dir mit der Choreo bis zur Show zu helfen. Dein Job ist es, deine Familie irgendwie zum Musikabend zu locken.«

Aynur nickte nur zögernd. Sie war sich nicht sicher, ob das alles so einfach klappen würde. Sie hatte ein ungutes Gefühl.

DANG

Es war ein strahlender Sonntagmorgen, als Dang auf seine Bahn am Südkreuz wartete. Er trug ein T-Shirt mit der Aufschrift *I am Jonny* und war auf dem Weg zu Linh.

Gestern hatte er mit Ahmet zusammen die erste Taekwondo-Prüfung bestanden. Bisher lief das Wochenende sehr gut. Linh machte heute zum ersten Mal mit ihrer Tanzgruppe SDC bei der Berliner Streetdance-Meisterschaft mit. Sie war sehr aufgeregt und er wollte seine Freundin begleiten und anfeuern. Sie sollte sich an diese gemeinsamen Zeiten erinnern, wenn sie das nächste Schuljahr in Kalifornien verbringen würde.

Die S-Bahn fuhr ein und Dang freute sich, dass die Tür sich direkt vor seinen Füßen öffnete. Doch die Freude war schnell weg, als er die Fahne der beiden Männer roch, die ihm aus der Bahn entgegenkamen. Sie beschimpften ihn und stießen ihn beiseite. »Erst aussteigen lassen, du scheiß Schlitzauge.«

Dang schaute auf den Boden und stellte sich neben die Tür. Beim Aussteigen spuckte einer der beiden ihm auf den Kopf. Dang fasste sich blitzartig in die Haare, hatte keine Zeit sich zu ekeln, drehte sich um und spuckte zurück. Er traf einen von ihnen am nackten Arm. Dang stieg ein. Nun spuckten beide zurück und stießen dabei zahlreiche Beleidigungen aus. Dang stand aber im Waggon und konnte sich hinter der noch offenen Tür verstecken, sodass sie ihn nicht mehr treffen konnten. Dann schloss er die Tür mit dem Knopf, der gerne bei kalten Temperaturen im Winter genutzt wurde.

Der Zug hielt am Südkreuz manchmal länger, so auch heute. Dang kam es vor wie eine Ewigkeit. Er schaute zu einer Mitarbeiterin der Bahn, die auf dem Bahnsteig stand. Vermutlich hatte sie schon Feierabend. Sie schaute weg.

Dang lief in die Mitte des Waggons und konnte die beiden Typen durch die Scheibe sehen. Beide wollten von rechts wieder in den Waggon einsteigen. Er bekam mit, wie der eine den anderen packte und ihm befahl, von links einzusteigen, damit sie ihn besser umzingeln könnten. Sie teilten sich auf, stiegen durch verschiedene Türen wieder ein und versuchten ihn zu treten, aber Dang wich aus und trat zurück. Manchmal trafen sie ihn trotzdem. Dang drehte sich mal in die eine, mal in die andere Richtung, um sich zu verteidigen. Als er einen der beiden in den Magen trat, musste dieser husten, keuchen und fast erbrechen. Er rannte weg. Dang drehte sich um, schaute dem anderen in die Augen und ließ ihn spüren, dass er keine Angst vor ihm hatte. Alleine gelassen von seinem Kumpel stolperte dieser zwei Schritte rückwärts, drehte sich um und sprang durch die sich schließende S-Bahn-Tür hinaus.

Dang ließ sich auf einen leeren Sitzplatz hinter ihm zurückfallen und legte seinen Kopf in die Hände. Eine Frau mit zwei kleinen Kindern stellte sich zu ihm und fragte: »Geht es dir gut? Brauchst du etwas? Sollen wir die Polizei anrufen?« Dang schaute auf. Er schob seine Brille mit dem linken Zeigefinger am Nasensteg hoch und sagte: »Nein. Danke.«

Er ließ seinen Blick schweifen. Erst dann fiel ihm auf, dass in dem S-Bahn-Waggon viele Menschen saßen, die zugeschaut hatten.

LINH

Als Dang bei Linh zu Hause ankam, wollte er sofort seine Haare waschen. Er fühlte sich schmutzig. Sie hatten noch etwas Zeit, bevor es zur Berliner Streetdance-Meisterschaft gehen sollte. Er war immer noch aufgebracht und seine Hände zitterten vor Wut. Linh wollte wissen, was passiert war. Er erzählte ihr alles.

Sie umarmte ihn und flüsterte ihm ins Ohr: »Ich wasche dir die Haare.« Die Hände von Linh massierten seine Kopfhaut, während er mit dem Kopf über der Badewanne hing. Langsam beruhigte Dang sich. Bei ihr fühlte er sich wohl.

Linhs Familie hatte mal wieder volles Haus; oder besser gesagt: volle Küche. Dort saß eine große Runde. Es wurde gekocht, geredet, gelacht und gegessen. Keiner hatte gemerkt, dass Dang auch da war. Eigentlich hatten Linh und er sich draußen verabredet, aber an diesem Tag verlief nichts wie geplant.

Dang trocknete seine Haare mit einem Hello-Kitty-Handtuch, während er ihr noch mehr von den beiden Typen in der S-Bahn erzählte. Es war das Handtuch von Linhs kleiner Schwester. Sie gingen in Linhs Zimmer. An den Wänden hingen Zeichnungen. Linh liebte Mangas und hatte ihre eigenen Charaktere kreiert. Es hingen auch Poster von zwei verschiedenen K-Pop-Gruppen an den Wänden, die Dang nicht kannte. Dank K-Pop hatte Linh mit dem Tanzen begonnen. Sie tanzte seitdem die Choreographien der K-Pop-Videos nach, die sie sich online immer wieder anschaute.

Linh schloss die Zimmertür mit dem Schlüssel zu. An der Tür hing ein weiteres Poster. Dieses Gesicht war Dang bekannt. Es war ein großes Poster von 2Pac. Es zeigte ein bekanntes Motiv des Rappers: sein nackter Oberkörper mit dem Tattoo *THUG LIFE* auf dem Bauch. Linh, die ein großer 2Pac-Fan war, hatte Dang die Bedeutung des Tattoos erklärt, als er das erste Mal in ihrem Zimmer war. Er war erstaunt darüber gewesen, wie tiefgründig die Bedeutung der einzelnen Buchstaben war: *The Hate U Give Little Infants Fucks Everybody*. Dang fand 2Pac cool, aber er war ein größerer East-Coast-Rap-Fan. Linh und er waren wie Venus und Mars.

Sie saßen auf dem Bett und Dang legte seinen Kopf auf Linhs Schoß. Zum ersten Mal roch sie ihr Shampoo in seinen Haaren. Ja, das ist eine gute Wahl, dachte sie sich und schmunzelte zufrieden vor sich hin, während sie seinen Kopf streichelte.

»Ich werde diese Momente vermissen.«

»Was meinst du? Warum vermissen?«

»Na ja, wenn du nach der Zehnten nicht mehr da bist.«

»Ach so. Das meinst du. Es ist doch nur für ein Jahr.«

Als sie das sagte, musste sie selbst innerlich zugeben, dass ein Jahr sich lang anhörte.

»Die Zeit vergeht bestimmt schnell.«

»Ja, für dich vielleicht, weil für dich in San Francisco alles neu sein wird. Bei der ganzen Aufregung wirst du an mich wenig denken.«

»Du spinnst. Natürlich werde ich an dich denken. Ich werde dich auch vermissen. Aber du weißt, dass meine Eltern sehr froh darüber sind, dass ich dieses Austauschjahr mache und sie es mir ermöglichen können. Sie sind sehr stolz auf mich und ich will sie nicht enttäuschen. Außerdem glaube ich, dass ich dort sehr viel selbstständiger werde.«

»Für mich bist du schon der selbstständigste Mensch, den ich kenne.«

»Meinst du, ja?«

»Ganz ehrlich? Ich kenne keine andere, die so genau wie du schon weiß, was sie mit ihrem Leben anfangen will. Du brauchst dieses Jahr nicht. Ich brauche dich hier bei mir.«

»Bitte lass uns nicht wieder darüber diskutieren. Du machst es mir nur noch schwerer. Wir können die Zeit, die uns noch bleibt, genießen oder ständig daran denken, wie schlimm es sein wird, wenn ich dort bin.«

»Ja, du hast ja recht. Ich kann mich halt nicht immer so gut beherrschen wie du. Heute hat der Tag schon so beschissen begonnen.»

»Ich weiß. Ich verstehe dich ja. Lass uns aber dafür sorgen, dass der Tag wenigstens gut endet. Dafür brauche ich dich bei der Meisterschaft. Ich will dich hören, wenn wir tanzen. Heute bist du mein größter Fan, mein Groupie.« Sie plusterte sich auf vor Stolz.

»Darauf kannst du zählen, Baby. Heute kreische ich wie diese Mädchen, die durchdrehen, wenn sie diese Jungs da sehen.«

Er machte eine Kopfbewegung zu einem der Boygroup-Poster an der Wand.

»Ach ja? Bin ich so ein Mädchen oder was?«

Linh schlug ihm auf die Brust. Dang hielt ihre Hand fest und zog sie an sich heran.

»Ja, bist du. Aber trotzdem bleibst du immer noch mein Mädchen.«

Er beugte sich vor und küsste sie.

ADISA

Herr Küçük begleitete Adisa, als er sah, wie dieser in Richtung Ausgang lief.

»Ich bin dir echt 'was schuldig, Adisa. Mein Sohn redet wieder wie ein ordentlicher Mensch mit mir. Ich danke dir von ganzem Herzen.« Er legte dabei die Hand auf die Brust und neigte leicht den Kopf.

»Can ist ein guter Junge, Ismail.«

»Ich weiß. Aber woher hätte ich wissen sollen, dass es um ein Mädchen ging?«

»Ich bin froh, dass jetzt alles besser läuft. Zumindest zwischen euch beiden. Jetzt muss er noch schauen, ob er seine wahren Gefühle auch ihr offenbaren kann.«

»Ja, das überlassen wir lieber den beiden.«

»Allerdings.« Adisa hielt ihm die Faust hin. Ismail erwiderte den Gruß.

Als Adisa durch das Tor ging, rief ihm eine Gruppe von Schülerinnen zu: »Schönen Tag noch, Mr. G!« Er lächelte und winkte ihnen zu. Dann blieb er kurz stehen, um sein Handy einzuschalten, als ein schwarzer Jaguar neben ihm hielt.

Die Scheibe der Beifahrerseite fuhr herunter und aus dem Wagen sprach die Stimme von Notorious B.I.G. Es war das Intro des Songs *Juicy*.

Die Stimme von B.I.G. wurde leiser und jemand rief aus dem Auto:

»Yo! Adisa!« Adisa bückte sich und schaute in den Wagen. Es war Attila.

»Hey, was geht ab, Bruder? Long time. Alles gut? Wow. Das ist eine coole Karre."

»Danke, Mann. Wohin geht's? Soll ich dich mitnehmen?

»Ich wollte nach Hause. H-Town.«

»Nennst du Hallesches echt immer noch H-Town, ja? Spring rein. Ich fahr dich.«

»Ja klar. Cool.« Adisa öffnete die Tür auf der Beifahrerseite und stieg ein. Er legte seine Tasche zwischen die Füße. Die beiden Männer umarmten sich.

»Und du? Immer noch Biggie-Fan, ja?«

»Yes, sir. Für mich bleibt er der Beste, der je ans Mikro getreten ist.« Attila drehte die Musik wieder leicht auf.

»Er gehört auf jeden Fall auch zu meinen Top Five. Dein Jaguar hat echt Klasse. Mir gefallen die alten Modelle auch mehr als die neuen. Läuft bei dir.«

Attila lachte.

»Ich weiß noch, wie du damals an der Ecke gesagt hast, dass du irgendwann so einen Jaguar fahren wirst.«

Attila war erstaunt.

»Daran kannst du dich noch erinnern?«

»Ja klar. Wir standen an der Ecke Manteuffel und Muskauer und haben Mein-Auto-dein-Auto gespielt.«

Sie hielten an einer roten Ampel am Hermannplatz und schwelgten in ihren Erinnerungen. Draußen schob ein Obdachloser sein ganzes Hab und Gut in einem Einkaufswagen über die Straße. Die beiden verstummten. Nur Notorious B.I.G. war zu hören. Die Ampel schaltete auf Grün. Attila fuhr weiter.

»Ich habe es nie bereut, bei meinen Eltern in der Firma einzusteigen. Mittlerweile beliefern wir auch andere mit unseren Produkten.«

»Den Geschmack eurer Pide mit Sucuk werde ich nie vergessen. Vor allem, wenn sie frisch aus dem Ofen kam.« Adisa presste seine Lippen zusammen, schloss die Augen und schüttelte den Kopf.

«Ja, Mann. Weißt du was? Wir machen sogar vegane Pide.«

»Nicht dein Ernst.«

»Yep. Sind die Ersten auf dem Markt gewesen. Läuft brutal. Meine Mutter hatte mal wieder die Idee. Sie ist immer noch der Boss in unserer Familie. Schublitz hatte keine Ahnung.«

»Ja, das hatte er wirklich nicht.«

»Und du? Wie ich sehe, hast du es durchgezogen, ja?«

»Was meinst du?«

»Was wohl? Du bist Lehrer geworden.« Sie lachten beide.

»Ja, stimmt. Aber woher weißt du das?«

»Na ja, du trägst die typische Lehrertasche.« Sie lachten wieder.

»Ja, war ein Geschenk meiner Eltern zum bestandenen Ref.«

»Sie waren bestimmt sehr stolz auf dich. Wie geht's deiner Mutter? Ich weiß noch, wie du immer lernen musstest, wenn wir schon längst auf dem Bolzplatz waren. Und dann musstest du auch noch früher gehen als wir. Alter, einmal bist du sogar mit dem Atlas unterm Arm zum Platz gekommen, weil du noch etwas für den Erdkundetest lernen musstest.«

»Ja, daran erinnert sich bestimmt noch die ganze Nachbarschaft. Meiner Mutter geht's gut. Sie setzt sich als Sozialarbeiterin weiter für andere Menschen ein und legt sich ständig mit irgendwelchen Ämtern an.«

»Das glaube ich dir. Sie war schon immer sehr taff. Ich werde nie vergessen, wie sie dich einmal vom Bolzplatz bis nach Hause am Ohr gezogen hat, weil du dich verspätet hattest.«

»Oh ja, danach war ich nie wieder zu spät beim Abendessen, sag ich dir.«

Sie lachten herzlich.

»Und dein Vater? Ich meine den in Ghana. Hast du Kontakt zu ihm aufgenommen? Ich weiß noch, dass dich die Situation immer sehr bedrückt hat.«

»Ist das aufgefallen, ja?«

»Ja, schon.«

»Nein. Aber ich habe angefangen seine Briefe zu lesen. Ich habe das Gefühl, ich lerne ihn jetzt erst wirklich kennen.«

»Inşallah wird alles gut, mein Bruder. Du weißt, nichts geht über Familie. Er ist immer noch dein Vater. Egal, was passiert.«

»Ja, Mann. Stimmt schon.« Adisa wurde nachdenklich.

Attila wollte ihn auf andere Gedanken bringen.

»Deine Sneaker sind aber schon fresh. Passend zum Outfit, ja? Also, so lief kein Lehrer damals rum.«

»Aber es gab ein oder zwei, die immerhin Chucks trugen.«

»Ja, stimmt. Ich hoffe du liest keine Noten laut vor.«

»Nein, natürlich nicht. Ich bin hier, um es besser zu machen. Weißt du noch?«

»Ja, ich erinnere mich.« Beide wurden still und dachten zurück an ihren Chemieunterricht.

Herr Schublitz las wie immer am Anfang der Stunde die mündlichen Noten laut in der Klasse vor. Mehrere Schülerinnen und Schüler sagten die erste Note zusammen mit dem Lehrer im Chor. Nachdem er den obersten Namen in der Liste genannt hatte, wussten alle, welche Note folgen würde. Attila. 6. Attilas Nachname begann wie sein Vorname auch mit einem A. Max und seine Jungs ließen es sich nicht nehmen, die Note mit Herrn Schublitz zusammen zu sagen. Es folgte Gelächter. Es folgten aber auch beschützende und verteidigende Stimmen einiger Mädchen aus der Klasse. Herr Schublitz fuhr kommentarlos fort. Alle wurden schnell wieder leise, denn sie wollten ihre Noten hören.

»Warum machst du nicht mehr mit in Chemie?«, fragte ihn Adisa in der Pause zwischen den beiden Stunden des Chemieblocks auf dem Flur. Attila schwieg.

»Kotzt dich das nicht an, jedes Mal zu hören, dass du eine 6 hast?«

Attila sagte weiterhin nichts.

»Also, wenn ich du wär', dann würde ich mich mehr beteiligen. Alleine aus dem Grund, dass dieser Spast Max und die anderen Arschlöcher sich nicht mehr über dich lustig machen können.«

»*Damit die sich nicht mehr lustig machen können, soll ich mich also mehr melden im Unterricht. Schon mal darüber nachgedacht, dass die sich nicht lustig machen könnten, wenn Schublitz die Noten nicht immer laut vorlesen würde?*«

»*Ja, Mann. Stimmt schon. Ist auf jeden Fall 'ne Scheiß-aktion von ihm jedes Mal.*«

»*Du hast aber am Anfang des Schuljahres mehr mitge-macht. Warum sagst du gar nichts mehr?*«

»*Kein Bock.*«

»*Wie kein Bock?*«

»*Ja, kein Bock mehr seit der Sache mit Asena.*«

Adisa sagte nichts weiter, denn er wusste was Attila meinte. Asena war Attilas Tischnachbarin. In einem Unterrichtsge-spräch meldeten sich beide und wollten dasselbe sagen. Attila zog ihren Arm nach unten, weil er wollte, dass Herr Schublitz ihn drannahm. Bald machten sich beide einen Spaß daraus und versuchten, den Arm des anderen herunterzudrücken. Dann hörten sie die Stimme von Herrn Schublitz: »*Bei uns haben die Frauen auch das Recht zu sprechen.*« *Asena durfte antworten. Attila hob danach nie wieder seinen Arm im Chemieunter-richt. Adisa hatte diesen Tag auch nicht vergessen und schon vermutet, dass das der Grund war, warum Attila schwieg. Jetzt konnte er sich sicher sein.*

»*Oh Mann, was für ein Arschloch. Wie kann man als Lehrer so einen Spruch ablassen?!*«

»*Dann mach' es doch besser.*«

»*Wie jetzt?*«

»*Du solltest Lehrer werden.*« *Es klingelte. Die beiden Jungs bewegten sich langsam in Richtung Klassenraum.*

»*Du solltest Lehrer werden und du solltest es besser machen. Aber, wenn ich noch einmal darüber nachdenke, einer, der so aussieht wie du, so heißt wie du und so ist wie du ... Alter! Wenn du das Lehrerzimmer betrittst. Die schmeißen dich da wieder raus.*« *Sie lachten. Dann kamen sie zu spät zum Chemieunterricht.*

Adisa war Lehrer geworden und rappte nun gemeinsam mit seinem Schulfreund im schwarzen Jaguar die Zeilen von Biggie. Sie waren glücklich, weil jeder seinen Weg gegangen war. Sie hatten auf ihren Wegen nicht immer gute Erfahrungen gemacht, aber auch diese hatten ihnen dabei geholfen, ihre persönliche Bestimmung zu finden.

GORAN

Damals, als der dreijährige Goran mit seinen Eltern im Sommer im Dorf bei seinen Großeltern war, fütterte sein Opa ihn am Frühstückstisch. Er ließ ihn von seinem getoasteten Weißbrot abbeißen, das er mit Hirtenkäse belegt und mit Honig verfeinert hatte. Um den Honig kümmerte sich Gorans Oma. Oder besser gesagt, der Bienenstock, den sie hielt.

Als Goran zehn Jahre alt war, fragte er zu Hause beim Frühstück nach einem Brot mit Käse und Honig. Seine Mutter lächelte und fragte ihn, wie er denn darauf komme, Süßes und Herzhaftes auf dem Brot zu mischen.

»Ich weiß nicht. Ich glaube, das schmeckt mir«, antwortete er.

»Dein Opa isst sein Brot immer so. Wir sollten es aber vorher toasten. Dann wird es dir sogar noch besser schme-

cken.« Beide lächelten und seine Mutter küsste Gorans
Stirn. Später erzählte sie ganz stolz ihren Eltern am Telefon
von Gorans neuer Vorliebe.

Jetzt fütterte Goran seinen Opa, der mittlerweile bei
ihnen lebte. Er schmierte ihm sein Brot am Bett. Der Honig
war aber aus dem Supermarkt um die Ecke, seine Oma lebte
nicht mehr. Sein Opa redete mit vollem Mund und erzählte von einem Freund, der ihn damals nach dem Krieg im
Dorf besucht hatte. »Weißt du, man hatte ihn eigentlich für
tot erklärt. Aber irgendwie hat er es doch lebend da raus-
geschafft. Trotzdem war er wie tot. Er hatte seine Familie
verloren.«

»Das ist sehr traurig.«

»Ja. Ich wüsste nicht, was ich machen würde, wenn ich
meine liebe Jelina nicht mehr hätte.«

Goran wusste in solchen Situationen immer nicht, was
er sagen sollte. Also blieb er einfach still.

»Ihr Honig schmeckt aber irgendwie komisch. Das solltest du ihr gleich mal nach dem Frühstück sagen. Sie muss
mal mit ihren Bienen reden. Wusstest du eigentlich, dass
deine Oma mit ihren Bienen spricht?« Er lachte.

»Ja.« Goran wunderte sich nicht, dass sein Opa sich an
seinen Freund erinnerte, der ihn vor über zwanzig Jahren
besucht hatte, aber seine vor einem guten Jahr verstorbene
Frau für ihn immer noch am Leben war.

Die Geschichten seines Opas inspirierten Goran regelmäßig, Kurzgeschichten über seine Familie zu schreiben.

»Hast du schon einmal darüber nachgedacht, das Schreiben zu deinem Beruf zu machen?« Mr. G hatte Goran zu sich gebeten, um ihm sein Lob noch einmal mündlich mitzuteilen.

»Nicht wirklich. Es macht mir einfach Spaß.«

»Das ist spürbar. Deine Sprache ist sehr lebendig. Wenn man deine Geschichten liest, glaubt man, man sei in einem Film.« Goran errötete und ihm wurde warm. Immer wenn er aufgeregt war, schwitzte er leicht.

Mr. G hatte im Deutschunterricht eine Reihe zum kreativen Schreiben mit der Klasse durchgeführt. Goran hatte die meisten Kurzgeschichten geschrieben und mit einer Trilogie Mr. G sehr beeindruckt.

»Du solltest auf jeden Fall dranbleiben. Falls du weitere Geschichten schreiben möchtest und ein Feedback brauchst, lass es mich wissen. Ich lese gerne, wie du weißt.« Mr. G tippte mit seinem Zeigefinger auf ein Buch von Ta-Nehisi Coates, das auf dem Lehrerpult lag. Dann hielt er ihm die Faust für einen Faustcheck hin. Goran drückte seine Faust gegen die von Mr. G und ging glücklich zurück zu seinem Platz. Er hatte in seinen Kurzgeschichten Einblicke in das Leben seiner Großeltern gegeben. Er war sehr stolz. Auf seine Großeltern und auch auf sich.

STEFAN

Er rannte im Flugzeug hin und her. Die Sitzplätze waren leer. Er war allein. Er hielt einen Moment an, schaute sich panisch um und rannte dann geradewegs zum Cockpit. Doch auch hier war kein Mensch zu sehen. Das Flugzeug wurde immer schneller, Stefan immer ängstlicher. Dann sah er, wie das Flugzeug auf einen Berg zuraste. Er zog an seinen Haaren und schrie. Schweißgebadet wachte er aufrecht sitzend von seinem eigenen Schreien auf und stellte fest, dass er sich an den Haaren zog. Erschöpft ließ er sich zurücksinken. Es war wieder derselbe Alptraum. Er wusste, warum dieser ihn immer wieder im Schlaf heimsuchte. Er wollte nicht in die Schule gehen. Er wusste, dass er seine Route wieder ändern musste, wenn er ihnen nicht begegnen wollte.

»Lüg nicht, lan«, sagte Serkan und spuckte in die Schale Pommes, die Stefan und Florian gerade erst gekauft hatten.

Florian sah stumm zu. Serkan hatte die Jungs mithilfe seiner beiden Laufburschen an die Wand gedrängt. Er wollte ihm nicht glauben, dass er kein Geld mehr hatte. Seine Komplizen hielten Ausschau, um sicherzustellen, dass sie keiner sah.

Serkan und seine beiden treuen Freunde wollten mit Stefan schnelles Geld machen. Dabei waren auch sie einmal Freunde gewesen, erinnerte sich Stefan. In der Grundschule gingen sie in dieselbe Klasse. Sie durften aber nie zusammensitzen, weil ihre Klassenlehrerin Frau Haller sagte, sie seien dann zu unruhig. Als die Empfehlungen für die Oberschule verteilt wurden, musste Serkan nicht auf das Papier schauen, um zu wissen, dass er einen anderen Weg als Stefan gehen würde.

Serkan war sich sicher, dass Stefan noch Geld in der Hosentasche hatte, denn in seinen Augen hatte Stefan immer Geld. »Dieser Hund beleidigt sogar seine Mutter, wenn er Geld haben will«, meinte er zu seinen Jungs.

Aber diesmal wollte Stefan sich nicht unterkriegen lassen. Heute würde er es ihnen zeigen. Heute würde er stark bleiben. Heute würde er ihnen endlich einmal die Stirn bieten.

Seine Beine zitterten. Er versuchte sie ruhig zu halten, aber jeder Versuch führte nur dazu, dass sie noch stärker zitterten. Dann geschah genau das, was er vermeiden wollte. Serkan sah die zuckenden Beine. Er zeigte auf sie und lachte. Seine beiden Schatten stimmten mit ein. Stefan kassierte eine Backpfeife. Es folgten Tritte von links und rechts.

Ein »Schhht, hey« und ein darauf folgendes Pfeifen von der anderen Straßenseite schienen seine Rettung zu sein. Eine Gruppe älterer türkischer Herren rief Serkan zu, er solle den armen Jungen in Frieden lassen. Als er jedoch log, Stefan hätte seine Mutter beleidigt, beschlossen die Männer zu schweigen und weiterzugehen.

»Was los, haste gedacht, du wirst jetzt gerettet, ja?« Stefan kassierte erneut eine Backpfeife und weitere Tritte von den Seiten folgten. Serkan packte ihn am Hals und drückte ihm die Luft weg. Das Würgen sorgte dafür, dass er ganz rot wurde. Serkan ließ los und forderte ihn wieder auf: »Gib jetzt Geld!« Stefan blieb stur. Die Angst quälte ihn, doch sein Wille war stärker.

Er atmete tief ein und sah Serkan direkt in die Augen. Serkan war irritiert. Zum ersten Mal nach langer Zeit sah Serkan etwas in Stefans Augen wieder, das er schon lange nicht mehr gesehen hatte. Er wandte sich von Stefan ab, sah Florian, der die ganze Zeit nur stumm danebengestanden hatte, mit Abscheu an, drehte sich um und ging. Seine Verbündeten zögerten einen Moment, weil sie nicht verstanden, was los war. Sie sahen sich an, zuckten mit den Schultern und liefen Serkan hinterher.

»Was los, Bruder?«, fragte einer von ihnen.

»Kes lan!«, brachte Serkan ihn zum Schweigen.

Stefan bewegte sich nicht von der Stelle. Er hatte gewonnen. Er behielt sein Geld. Er hatte sich nicht wieder abziehen lassen. Die Schale Pommes lag zwar auf dem Boden, aber in jedem Kampf müssen Opfer gebracht werden, dachte er. Die Fußabdrücke und Spuckflecken sah er als seine Kampfwunden an.

Stefan hatte es geschafft, das Flugzeug allein über den Berg zu fliegen. Ganz ohne Co-Piloten.

SERKAN

Als Serkan noch ein kleiner Junge war, schien alles sehr unkompliziert zu sein. Je älter er wurde, desto schwieriger wurde es um ihn herum.

In der Grundschule durfte er nicht neben Stefan sitzen. Die beiden Freunde bildeten eine gefährliche Kombination in den Augen der Klassenlehrerin. Daher wurde vereinbart, dass sie im Unterricht voneinander getrennt saßen, aber die zwei Jungs fanden immer wieder Wege, die sie zueinander führten.

Stefan hatte immer Geld für Süßigkeiten. Dafür beschützte Serkan seinen Freund, wann immer es nötig war. Sie waren unzertrennlich. Bis die Empfehlungen für die Oberschule kamen. Doch die beiden ließen sich davon nur kurz irritieren und machten weiter wie bisher.

Doch ein Vorfall in der ersten Woche ihrer letzten gemeinsam verbrachten Sommerferien markierte das Ende ihrer Freundschaft und verdarb Serkan für immer den Appetit auf die kleinen grünen Fruchtgummifrösche, die sie so gerne mit Stefans Geld kauften. Er hatte bei Stefan zu Hause einen Streit um Geld miterlebt. Stefan brüllte seine Mutter an, weil sie kein Bargeld im Portemonnaie hatte und ihm sein Taschengeld nicht geben konnte.

»Mann, scheiße, ich hatte dir doch gesagt, dass ich heute mein Taschengeld haben will!«

»Ist ja gut. Ich hab' vergessen zur Bank zu gehen.«

»Das ist voll der Abfuck jetzt! Alles machst du falsch, verdammt!«

Serkan traute seinen Augen und Ohren nicht. Er konnte es nicht fassen, dass sein Freund so mit seiner Mutter redete. Sie ist doch seine Mutter, dachte er. Als die Mutter in Tränen ausbrach, weil Stefan nicht aufhörte sie anzuschreien, rannte Serkan nach Hause, ohne die Tür hinter sich zu schließen.

Zu Hause erklärte ihm sein älterer Bruder, als er ihm von dem Vorfall berichtete: »Die sind anders. Ich habe es dir doch schon hundertmal gesagt. Die haben keinen Respekt. Nicht einmal vor ihren Eltern.«

Nach den Sommerferien würden sie sowieso auf zwei unterschiedliche Schulen gehen, sagte Serkan abweisend, als Stefan ihn am nächsten Tag zum Fußballspielen abholen wollte. Er hatte eine Tüte ihrer Lieblingsfrösche dabei.

»Warum sollten wir so tun, als ob alles beim Alten bleiben würde?«

»Wir können uns doch trotzdem immer nach der Schule treffen«, erwiderte Stefan.

»Nein, du wirst am Gymnasium andere Freunde finden und ich wäre nur zu dumm für euch«, sagte Serkan und schloss die Tür. Stefan legte die Tüte mit den Süßigkeiten davor und ging.

YIĞIT

»Wie spät haben wir es eigentlich?«

»Keine Ahnung«, antwortete Yiğit.

»Wie keine Ahnung? Du trägst doch eine Uhr.« Marie war verwirrt.

»Die funktioniert nicht.«

»Häh, warum trägst du eine kaputte Uhr?«

»Sie ist nicht kaputt. Die Batterie ist leer.«

»Und warum trägst du eine Uhr mit einer leeren Batterie?«

»Ist von meinem Dede, meinem Opa.«

»Braucht er sie nicht mehr?«

»Nein, er ist gestorben.«

»Oh. Sorry.«

Marie guckte ihn einen Moment lang an.

»Warum wechselst du nicht die Batterie?«, wollte sie schließlich wissen. Yiğit schaute auf seine Uhr und schwieg.

Die Bedeutung seines Namens war *Held*. Seine Eltern hatten ihn nach seinem Großvater benannt. Seinen Opa hatte dieser Name sehr gut beschrieben, denn als er ein junger Mann war, liebte er eine Frau, die ihn auch liebte. Der Vater von Yiğits zukünftiger Oma hatte allerdings etwas gegen die Liebe der beiden. Er hatte einen anderen Mann für seine Tochter ins Auge gefasst.

Also entführte sein Großvater seine Großmutter und sie flohen nach Istanbul, um dort heimlich zu heiraten. Entführung, so nannte man das bei ihnen im Dorf, wenn ein Mann gegen den Willen der Familie die Tochter zur Frau nahm. Eigentlich war es aber keine wirkliche Entführung, weil seine Großmutter ja freiwillig mitten in der Nacht aus dem Fenster ihres Elternhauses in die Arme seines Großvaters gestiegen war.

Yiğits Dede hatte also allen bewiesen, dass er seinen Namen verdient hatte, als er sich gegen die Familie seiner zukünftigen Frau stellte. Yiğit war sich aber sicher, dass dieser Name nicht zu ihm passte, da er von sich nicht behaupten konnte, dass er tapfer war. Wenn er in den Spiegel schaute, sah er einen Jungen, der sogar schon einmal wegen einer Banane weggelaufen war.

Er war damals noch in der 8. Klasse. Nach der Schule war er bei Julia zu Hause. Sie bereiteten eine Präsentation für den Spanischunterricht vor. Yiğit wurde langsam hungrig, aber er traute sich nicht zu fragen, ob sie bald zu Mittag essen würden. Julias Mutter war noch bei der Arbeit und ihr Vater musste jeden Moment von der Frühschicht nach Hause kommen.

Als Julia im Badezimmer war, ging Yiğit in die Küche, um zu sehen, ob es etwas zu essen gab. Auf dem Küchentisch sah er einen Obstteller. Er schnappte sich eine Banane und schälte sie. Als er einmal abgebissen hatte, sah er den erschrockenen Blick Julias, die aus dem Badezimmer gekommen war.

»Ich hoffe, es ist okay. Ich hatte Hunger«, entschuldigte sich Yiğit mit vollem Mund.

»Du hättest vorher fragen sollen. Die Banane war eigentlich für meinen Vater.«

»Aber da ist doch noch eine«, sagte er und würgte den ersten Bissen herunter.

»Ja, aber er nimmt immer zwei Bananen mit zur Arbeit. Eine Banane pro Pause. Das wird ihm nicht gefallen. Du gehst jetzt lieber.«

»Es tut mir leid.«

Yiğit biss kein zweites Mal ab. Er legte die Banane auf den Küchentisch, schnappte seine Tasche und ging. Auf dem Weg nach Hause hatte er so eine Angst Julias Vater anzutreffen, dass er die Straßenseite wechselte und halbgeduckt hinter den Autos nach Hause lief.

Die Bedeutung seines Namens setzte Yiğit unter Druck. Hinzu kam, dass er sich mit dem sogenannten weichen türkischen ğ schrieb, das es im deutschen Alphabet nicht gab. Um nicht aufzufallen, schrieb er ihn extra falsch, ohne den Kringel über dem g.

Aber es half alles nix, ob er ihn mit oder ohne Kringel schrieb, so oder so wusste niemand ihn richtig auszusprechen. Sogar diejenigen, die den Namen nur im Stillen lasen, lasen ihn falsch. Er konnte es an ihrem fragenden Gesichtsausdruck erkennen. Jigit war die Vorgabe, die von den Lehrkräften gemacht wurde, als sie die Anwesenheitsliste vorlasen, was eine Steilvorlage für blöde Sprüche seiner Klassenkameradinnen und Klassenkameraden bot. Sie machten daraus »igitt« und Yiğit wollte einfach nur in den Boden versinken. Seine Schwester hatte Glück, dachte er sich. Für ihren Namen gab es wenigstens einen coolen Spitznamen, denn Melek wurde Melli genannt.

»Wenn ich meinen Namen ändern dürfte, ich würde es sofort tun.«

»Aber es ist ein besonderer Name, den du auch richtig schreiben solltest.«

»Niemand außer Ihnen spricht ihn richtig aus und keiner will sich unnötig stressen, wenn es um die Schreibweise geht.«

»Du musst es ihnen zeigen. Du musst es ihnen vormachen. Mit dir geht es los. Wenn *du* schon deinen Namen falsch schreibst, warum sollten ihn dann andere Menschen richtig schreiben beziehungsweise überhaupt lernen wollen, wie man ihn richtig schreibt oder ausspricht?«

Mr. G hatte in diesem Gespräch Yiğit Mut gemacht, der Lehrer für seinen eigenen Namen zu sein.

GABRIEL

Keiner seiner Freunde wohnte mehr im Kiez. Sie alle hatten umziehen müssen, weil ihre Eltern die steigenden Mieten nicht mehr zahlen konnten oder wollten.

Gabriels Eltern hatten ihre Wohnung schon Jahre vor den Preissteigerungen gekauft. Das war zu einer Zeit, als der Bezirk noch nicht besonders viele Menschen angezogen hatte und die Preise noch erschwinglich waren. Gabriels Eltern konnten also selbst entscheiden, ob sie im Kiez blieben. Sie blieben gerne. Ihnen gefielen die Veränderungen in ihrem Wohnhaus und im Viertel. Die neue Nachbarschaft organisierte sich und schuf eine grüne Oase im Hinterhof, die eine Alternative zu den Kiezspielplätzen darstellte. Dort spielten Kleinkinder in einem behüteten Umfeld. In der Straße kamen zu den vielen Cafés und Restaurants weitere, hippere, dazu. Die neuen Etablissements waren nicht nur ausgefallener, sondern auch teurer, aber Gabriels Eltern fanden es nicht schlimm. Interessanterweise sprachen die Bedienungen in einigen Lokalen nur noch Englisch. Gabriels Eltern gefiel dieser neue Wind im Viertel.

»Viele Kinder aus unserem Haus und dem Nebenhaus steigen jeden Morgen in diesen Bus ein. Sie haben ihren eigenen Chauffeur, der sie abholt, in die Schule fährt, später wieder abholt und nach Hause fährt.«

»Das hat Papa auch schon gesagt. Ich will aber nicht auf eine andere Schule.«

»Dort wirst du aber besser lernen können.«

»Hier habe ich alle meine Freunde. Wir sehen uns eh schon fast nur noch in der Schule, seitdem hier keiner mehr von ihnen wohnt. Wenn ich die Schule wechsele, sehe ich sie bestimmt gar nicht mehr.«

»Dort wirst du neue Leute kennenlernen. Als du aus der Grundschule raus bist, hast du dir auch zuerst Sorgen gemacht. Und? Du hast ganz schnell neue Freunde gefunden. Andere Kids mögen dich. Dann hast du auch wieder Freunde, wegen denen wir nicht zur Schulleitung zum Gespräch vorgeladen werden, weil sie dich zu irgendeinem Blödsinn verleitet haben. Die Jugendlichen dort werden anders sein.«

»Wie anders, Mama? Außerdem war das mit dem Handy auf der Jungstoilette, weshalb wir in Schwierigkeiten geraten sind, meine Idee.«

»Na ja, du weißt schon, was deine Mutter meint.« Sein Papa kam dazu, um seine Frau zu unterstützen.

»Ach ja? Meint ihr etwa weniger türkisch und arabisch oder was?«

»So habe ich das nicht gemeint.«

»Doch, hast du. Wisst ihr was? Wenn die hier ihre Kinder zur Schule schicken würden, dann wären auf meiner Schule nicht fast nur Türken und Araber. Hier wohnen finden sie toll, aber ihre Kinder schicken sie lieber weit weg in eine andere Schule. Anstatt einen privaten Bus zu einer anderen Schule zu nehmen, sollten ihre Kinder mal lieber drei Minuten zur Schule nebenan laufen.«

»Sie denken dabei nur an die Zukunft ihrer Kinder.«

»Ich verstehe gar nicht, wie ihr so etwas unterstützen könnt. Auf der Versammlung hättet ihr euch dagegen aussprechen sollen. Vor allem ihr, die die Geschichte unserer Familie nur allzu gut kennt. Eure Großeltern gehörten auch einmal zu den Ausgestoßenen. In unserem Bezirk gibt es viele Stolpersteine im Kopfsteinpflaster, die an diese Zeit erinnern. Ihr habt mir damals die Bedeutung der Steine erklärt, als ich mein Referat für Englisch vorbereitet habe. Seitdem bedeuten mir diese goldenen Steine mehr, weil ich weiß, wofür sie stehen. Ich kenne die Namen sogar auswendig, weil ich sie auf dem Weg zur Schule immer wieder gelesen und mir dabei die Geschichten der Menschen, denen die Namen gehört haben, vorgestellt habe.«

Gabriel hatte seinen Eltern teilweise einige Sätze aus seinem Referat noch einmal auf Deutsch vorgetragen, ohne dass es ihm wirklich bewusst war. Seine Eltern waren gleichermaßen erschrocken und stolz über diese Worte, die aus dem Mund ihres Sohnes kamen.

Sie waren erschrocken, weil er schon lange nicht mehr so viele Sätze am Stück mit ihnen gesprochen hatte. In den letzten Monaten mussten sie ihm alles aus der Nase ziehen und waren froh, wenn er mal mehr als zwei Sätze sprach. Sie hatten es auf die Pubertät geschoben und dachten, auch diese Phase würde vorbeigehen.

Sie waren aber auch stolz, weil er tatsächlich viel aus dem Referat für sich gezogen hatte. Das Thema war ihm anscheinend sehr wichtig. Seine Worte regten sie an, die Entwicklung in ihrem Kiez aus einem anderen Blickwinkel zu betrachten. Bisher hatten sie nur die eigenen Vorteile gesehen, angefangen beim steigenden Wert ihrer Immobilie. Aber für ihren Sohn standen ganz andere Dinge im Vordergrund.

Obwohl sie der Meinung waren, dass dieser Vergleich schon etwas weit hergeholt war, entschlossen sie sich, seinen Wunsch zu respektieren. Seine Mutter umarmte ihn. Gabriels Vater stand mit verschränkten Armen daneben und umarmte sich selbst. Er hatte ein breites Grinsen im Gesicht.

Letztendlich waren sie die einzige Familie im Wohnhaus, das ihr Kind weiterhin auf das Kiez-Gymnasium schickte.

RAMIN

Er schaute aufs Meer. Er dachte nach, ohne an etwas zu denken. Er fühlte sich ausgeglichen und friedvoll. Ramin genoss die Ruhe in seinem Kopf.

So musste sich in der Geschichte der alte Mann fühlen, der eine besondere Beziehung zum Meer hatte. Ramin hatte das erste Buch von seiner Liste gelesen. Die Liste der zwanzig Bücher, die er sich vorgenommen hatte zu lesen.

Zwischen dem alten Mann und ihm gab es neben dem Alter einen weiteren elementaren Unterschied. Es war das Meer. Der alte Mann schaute auf ein echtes Meer. Ramin dagegen starrte an seine Decke, an die er eine Postkarte geklebt hatte, auf der ein Strand und das Meer abgebildet waren. Die Karte hatten ihm einmal seine Eltern aus dem Urlaub geschickt. Er konnte sich nicht mehr daran erinnern, aus welchem Urlaub oder aus welchem Land ihn die Karte erreicht hatte.

Alle paar Minuten sagte er sich: »Gleich stehe ich auf.« Er schaute rüber zum Bücherstapel. Es waren zwanzig Bücher, von denen er neunzehn noch nicht gelesen hatte. Eigentlich sollte es ein Erfolgserlebnis für ihn sein, diese Sammlung zusammengestellt zu haben. Er hätte sich auch darüber freuen können, sein erstes Buch von dem Stapel bereits gelesen zu haben.

Seine Eltern waren jedenfalls sehr froh über sein persönliches Leseprojekt. Seine Mutter hatte ihm die Bücher kurzerhand online bestellt, nachdem er ihnen davon erzählt hatte. Ihm dagegen fiel es aber schwer, diesen Optimismus zu teilen. Er hatte Schwierigkeiten, für überhaupt irgendetwas Freude zu empfinden.

Woher kam dieses Gefühl? Als ihn sein Therapeut fragte, ob er sich daran erinnern könne, wann er das erste Mal so empfunden habe, fielen ihm immer derselbe Abend und derselbe Mensch ein. Marie. Sie hatte auf der Hausparty seines besten Freundes einen anderen Typen geküsst.

Sie kannte sein Leseprojekt. An dem Tag der Party hatte er das erste Buch beendet. Er wollte ihr dort davon erzählen. Als sie irgendwann vor ihm rummachten, ging er ins Bad. Ihm war schlecht. Er wusch sich sein Gesicht, ging raus zu den Jungs, die dafür bekannt waren, immer Gras dabei zu haben, und rauchte seinen ersten Joint mit ihnen.

Marie und der Typ waren mittlerweile ein festes Paar. Ramin weigerte sich, den Namen von Maries Freund laut auszusprechen, wenn er in den Sitzungen mit seinem Therapeuten saß. Seine Eltern hatten auch hier, ohne zu zögern, alles in die Wege geleitet, damit Ramin mit der Therapie beginnen konnte. Doktor Akhavan war ein Freund seines Vaters. So war es einfach, schleunigst Gesprächstermine zu vereinbaren.

Nach der Party hatte er sich immer häufiger mit seinen neuen Freunden getroffen. »Mama, ich gehe mit den Jungs chillen«, hieß es eine Weile lang. Seine Mutter hatte ihn chillen lassen. Ramin genoss viele Freiheiten, weil seine Eltern ihm viel Raum für seine Entfaltung geben wollten. Sie beide hatten ziemlich strenge Eltern gehabt, die sie Richtung Universität gedrängt hatten. Freundschaften und Hobbys wurden immer als Ablenkung von den eigentlich wichtigen Dingen gesehen.

Ramins Noten waren sehr gut. Er konnte sich viel Zeit für seine Homies, so nannte er sie, nehmen. Das Leseprojekt hatte er freiwillig neben der Schule gestartet. Seine Eltern waren also zufrieden. Nach der Party hatte er aber keine Lust mehr weiterzulesen. Er musste nur darauf achten, dass er regelmäßig das Buch auf dem Nachttisch wechselte, sodass seine Eltern glaubten, er käme mit dem Lesen voran.

Die Probleme kamen nach und nach. In der Schule waren es zuerst die Verspätungen. Er schlief nicht mehr gut. Manchmal schlief er gar nicht, weil er nichts zum Kiffen dahatte. Sein Joint war sein Schlafmittel geworden. Dann waren es die

Hausaufgaben oder die Unterrichtsmaterialien, die er immer häufiger vergaß. Bei Unterrichtsgesprächen war er schnell gereizt. Einmal nannte er Mr. G sogar einen Heuchler. Mr. G bat ihn, für ein Gespräch nach dem Unterricht dazubleiben.

»Soll ich mich bei Ihnen entschuldigen?«

»Um mich geht es jetzt nicht. Wir müssen auch nicht über den Grund reden, warum du dich in letzter Zeit so verändert hast. Denn ich denke, dass er uns beiden bekannt ist. Ich habe es schon mehrmals gerochen. Wichtig ist aber, dass du über den Grund redest, warum du konsumierst.«

Beide schwiegen eine Weile. Adisa beobachtete, wie Ramin seine Hände langsam an seiner Baggy rieb.

»Wie verstehst du dich mit deinen Eltern?«

»Eigentlich gut. Sie machen alles für mich. Die sind aber nie wirklich ansprechbar. Haben immer etwas zu tun. Arbeiten viel. Reisen viel. Manchmal fühle ich mich so, als hätte ich gar keine Eltern.«

»Du hast aber Eltern. Ich habe mich jahrelang darüber geärgert, dass ich keinen Vater habe. Bis ich jemanden kennenlernte, der weder Vater noch Mutter hatte. Dem ging es noch viel schlechter als mir. Ich sah meine Mutter mit anderen Augen, denn sie hatte den Job von zwei Menschen übernommen. Sie musste auf vieles verzichten, um mich großzuziehen. Ich durfte also nicht in Selbstmitleid versinken, sondern lernen, das zu schätzen, was ich habe. Wieso sprichst du nicht mit deinen Eltern?«

»Keine Ahnung. Ich will sie nicht mit meinen Problemen nerven.«

»Du sagst, sie machen alles für dich. Sie müssen dich sehr lieben. Was dir anscheinend fehlt, ist wirklich Zeit mit ihnen zu verbringen. Vielleicht sagst du ihnen das mal? Dann kannst du mit ihnen auch über deine Sucht sprechen. Wie, glaubst du, werden sie reagieren?«

»Ich weiß nicht. Ich denke nicht, dass sie ausrasten werden. Ich glaube schon, dass ich mit ihnen über alles reden kann.«

»Das hört sich doch schon einmal sehr gut an. Ich denke, es macht wirklich Sinn, mit ihnen zu sprechen.«

Ramin nickte. Er nahm seinen Rucksack in die Hand.

»Es tut mir leid.«

»Was meinst du?«

»Wegen vorhin. Im Unterricht.«

»Alles gut. Mach dir keine Sorgen. Mir tut es auch leid.«

»Was denn?«

»Na, jetzt hast du deine große Pause mit mir verbracht.«

»Ach, kein Problem. Danke für das Gespräch.«

Ramin sprach mit seinen Eltern. Die Therapie war seine Idee. Seine Eltern unterstützten ihn ausnahmslos. Gemeinsam mit ihrem Sohn vereinbarten sie feste Tage für familiäre Aktivitäten. Mit seiner Mutter ging er dienstags zum Sport.

Mit seinem Vater kochte er immer sonntags. Er wusste, es würde nicht leicht werden. Der Weg würde ein steiniger sein, aber zu wissen, dass er ihn nicht allein ging, gab ihm Zuversicht.

ADISA

Adisa hatte nie gedacht, dass seine Schülerinnen und Schüler ihn einmal zum Weinen bringen könnten. Als seine Zeit als Vertretungslehrkraft ein Ende nahm, weil Frau Seidel nach den Sommerferien aus der Elternzeit zurückkommen sollte, halfen die Proteste der vielen Schülerinnen und Schüler nicht, um ihn als Lehrer zu behalten. Trotz des persönlichen Einsatzes des Schulleiters Herr Kurth bei der Senatsverwaltung, bekam dieser keine zusätzliche Stelle für seine Schule, sodass er Adisa nicht einstellen konnte.

Auf dem Musikabend der Schule hatten sie in der Show, die er mit ihnen in der Hip-Hop-AG einstudiert hatte, einen eigenen Abschnitt am Ende präsentiert, von dem er bis dahin nichts gewusst hatte. Sogar Aynur, die sich vorher nicht sicher war, ob sie überhaupt mitmachen wollte, hatte neben der Show-Choreographie einen eigenen Solopart getanzt. Ihre Familie war beeindruckt davon, wie sie Hip-Hop und die Klänge und Tänze ihrer Kultur in einer Performance vereint hatte. Aynurs ungutes Gefühl hatte sich nicht bestätigt.

Weitere Schülerinnen und Schüler waren danach auf die Bühne gegangen, die nicht an der AG, aber an seinem Unterricht teilgenommen hatten. Sie alle hatten ein einziges Ziel. Ihn als Lehrer zu behalten. Sie hielten Plakate hoch und Fatemeh hielt eine Rede mit dem Titel ,Unser Lehrer Mr. G'. Sie hätten mit ihm viel mehr als nur Deutsch und Englisch gelernt, sagte Fatemeh in ihrer Rede, vor allem hätten sie gelernt, für sich und die eigenen Ziele einzustehen. Deshalb stünden sie nun auch hier, obwohl sie wüssten, dass es nicht in ihrer Macht liege, jemanden einzustellen. Sie würden aber wollen, dass ihre Stimmen gehört würden. Zum Schluss hatte es tobenden Applaus gegeben. Adisa hatte einen Kloß im Hals und konnte seine Tränen nicht zurückhalten.

Er war ihr Lehrer gewesen, aber auch sie hatten ihn viel gelehrt. Ihre Geschichten und Schicksale hielten ihm mehr als einmal einen Spiegel vors Gesicht und zwangen ihn, sich mit dem stillen Zorn, der ihn in seiner Kindheit befallen hatte und immer aufkam, wenn es um seinen Vater in Ghana ging, auseinanderzusetzen. Er war sich sicher, dass er ohne seine Schülerinnen und Schüler die Briefe seines Vaters für viele weitere Jahre geschlossen gelassen hätte. Er war sich auch sicher, dass er ohne sie nicht hier sitzen würde.

Adisa erhob den Blick von dem Brief, den sein Vater ihm zu seinem 23. Geburtstag geschickt hatte, und beob-

achtete die Menschen um sich herum. Mehrere Jugendliche
saßen auf dem Boden und spielten ein Kartenspiel. Einer
von ihnen zeigte mehr als nur seine letzte Karte, als er »Uno
Uno« rief. Seine Hose war etwas zu weit heruntergerutscht,
als er sich auf den Boden gesetzt hatte. Eine Frau fütterte
ihr Kind mit Babynahrung aus dem Gläschen. Das Baby
sah zufrieden aus. Adisa zwinkerte dem großen Bruder des
Babys zu. Der Bruder zwinkerte mit beiden Augen zurück.
Zwinkern mit einem Auge konnte er noch nicht. Ein Mann
im Anzug starrte auf seinen Laptop und trug Kopfhörer, die
zu groß für seinen Kopf waren. Seine Tochter machte Selfies
mit dem Handy, während sie die Lippen spitzte. »Ich hätte
gerne einen Chai Tea Tee«, sagte eine junge Frau, die in der
Schlange des kleinen Bistros stand. Sie stellte sich auf ihre
Zehenspitzen und machte sich etwas größer dabei. Ein DJ
hörte Afrobeats über seine Bluetooth-Kopfhörer, während
er am Laptop an seinen Playlists bastelte. Zwei Männer
in traditioneller Kleidung unterhielten sich auf Twi. Die
Frauen waren in denselben Farben wie ihre Männer ge-
kleidet. Eine von ihnen klatschte in die Hände und sie alle
lachten herzlich auf eine Weise, wie Adisa es nur von seiner
Mutter kannte.

Adisa lächelte und nahm die nächste Seite des Briefs
zur Hand. Er las die Zeilen seines Vaters weiter. Die Briefe
waren auf Englisch. Adisa erfuhr in den Briefen, wie es
seinem Vater und seiner Familie in Ghana ging. Jeder Brief
begann erst einmal mit Glückwünschen, denn jeder Brief

hatte Deutschland immer ein paar Tage vor Adisas Geburtstag erreicht. Seine Mutter sollte ihm den Brief dann pünktlich an seinem Geburtstag überreichen.

Jahr für Jahr hatte ihm sein Vater geschrieben. Jahr für Jahr hatte Adisa es abgelehnt, die Briefe zu lesen.

Seitdem er sie las, hatte er das Gefühl, seinen Vater Brief für Brief, Zeile für Zeile, ein Stück weit kennenzulernen. Die Worte seines Vaters halfen ihm dabei zu verstehen, warum es ihn nach Ghana gezogen hatte. Sie halfen ihm, seinen Frieden mit ihm zu machen.

Das Boarding für seinen Flug nach Accra wurde ausgerufen. Ein paar Stunden hatte er noch, um die restlichen Briefe zu lesen, bevor er das erste Mal in Ghana seinen Papa umarmen würde.

SITZPLAN DER KLASSE 10A

MIA NINA	ONUR CEM	SOFIA MARIE
ALEX MILAN	FATEMEH AISHA	YIĞIT ÖZGE
LINH DANG	ISABEL MAKEDA	TAREK CAN
GABRIEL AHMET	GORAN RAMIN	SASCHA AYNUR
FLORIAN STEFAN	JULIA LISA	DIANA SONJA

MR. G

SMARTBOARD

Namensliste

Name	Bedeutung
Adisa	der Lehrer, der Reine, der Klare; einer, der uns lehren möchte
Ahmet	der Lobenswerte, der Gepriesene
Ali	der Hohe, der Erhabene, der Erwartete
Amelie	die Tapfere, die Tüchtige
Amma	die Mutter, die Mütterliche
Attila	der Vater, das Väterchen
Ayana	die schöne Blume, die ewige Blüte
Aynur	Mondlicht, Mondschein
Can	Leben, Herz, Geist, Seele
Dang	wegweisendes Licht
Diana	göttlich glänzend, leuchtend
Ermias	Gott ist erhaben
Fatemeh	Name der Tochter des Propheten Mohammed, die Enthaltsame, die Abstillende
Florian	der Blühende (blühend, gedeihend, glänzend, der Blonde)

Name	Bedeutung
Gabriel	der Held Gottes
Goran	der Große/Hohe, der Mann aus den Bergen
Ismail	Gott (er)hört
Kofi	Der an einem Freitag Geborene
Kwame	Der am Samstag geborene
Linh	Seele, Geist
Makeda	die Schöne
Malik	der König
Marie	Die (von Gott) Geliebte, die Unzähmbare
Maximilian	der Größte
Melek	der Engel
Mia	das Geschenk Gottes, das gewünschte Kind
Nina	die Reine, die Schöne, die Feurige
Ramin	der Fröhliche, der Glückliche
Sascha	der Beschützer
Serkan	Oberhaupt, Vorsitzender, adeliges Blut
SHEnanigans	Dance Crew von Makeda und ihren Freundinnen (englisch: *SHE* = rein weibliche Crew, *shenanigans* = Tricks, Späße, Spielerei, Streiche)
Sonja	die Weise, Weisheit
Stefan	der Sieger, der Gekrönte
Şengül	die freudige Rose
Tarek	der an die Türe klopft
Yiğit	tapfer, der Held

VOKABELN

Begriff	Bedeutung
Aferin benim oğlum. (türkisch)	Bravo, mein Sohn. / Das ist mein Junge!
baba (türkisch)	Vater, Papa
babajan (Farsi, Persisch)	lieber Papa, das „j" wird „dsch" ausgesprochen, Verniedlichung
Canım oğlum benim. (türkisch)	Mein geliebter Sohn.
dede (türkisch)	Großvater, Opa
good-cop-bad-cop (englisch)	guter Bulle, böser Bulle
homies (englisch)	Kumpels, Abkürzung von homeboy = homie, amerikanischer Slang
inşallah (türkisch)	So Gott will!
Kes lan! (türkisch)	Halt die Fresse, Alter!
künefe (türkisch)	warme, türkische Süßspeise

Begriff	Bedeutung
lan (türkisch)	Abkürzung von oğlan (Junge) bzw. ulan, Jugendsprache, Umgangssprache, Bedeutung: Alter!, Junge!, Mann!
Memleket nere? (türkisch)	Wo ist dein Heimatort?/Woher kommst du (ursprünglich)?
oğlum (türkisch)	(mein) Sohn
pide (türkisch)	hier: gefüllte Brotfladen, die wie kleine Schiffchen geformt sind; sonst auch die Bezeichnung für türkisches Fladenbrot
sucuk (türkisch)	türkische Knoblauchwurst
Twi	eine der Amtssprachen in Ghana

ÜBER DEN AUTOR

Atillâ Aktaş ist Lehrer, Buchautor, Tänzer und DJ. Er wurde 1978 als Kind von Eltern mit türkischem Migrationshintergrund in Berlin geboren und wuchs im Kreuzberger Wrangelkiez auf. Schon als Teenager entdeckte er zwei Leidenschaften, die ihn seitdem begleiten: das Unterrichten und die Musik.

So gab er bereits während seiner Schulzeit am Hermann-Hesse-Gymnasium in Kreuzberg Nachhilfeunterricht und für ihn stand schnell fest, dass er später Lehrer werden wollte. Zugleich war er als Kind der *Golden Era* des

Hip-Hops fasziniert vom Streetdance und lebte hier seine Kreativität aus. Nach seinem Abitur 1997 nahm er dann das Studium des Spanischen und Englischen auf Lehramt an der Freien Universität Berlin auf.

Parallel arbeitete er als professioneller Tänzer und Choreograph, unterrichtete Streetdance an diversen Berliner Tanzschulen, gab europaweit Tanzworkshops, leitete fünf Jahre lang die Tanzschule *Flying Steps Academy*, ging mit nationalen und internationalen Künstlerinnen und Künstlern auf Europa- und Welttournee und finanzierte sich dadurch sein Studium. Zusätzlich unterrichtete er an einer Berliner Nachhilfeschule und im Rahmen eines einjährigen Auslandsaufenthalts als Fremdsprachenassistent an zwei Schulen in Spanien. Auch machte er sich als DJ einen Namen in der Berliner Szene, zunächst bei Hip-Hop-Battles, später auch in diversen Berliner Clubs. Noch heute legt er regelmäßig auf Veranstaltungen auf, die die urbane Tanzszene Berlins geprägt haben und immer noch prägen.

2007 schloss er sein Studium ab und arbeitete bereits vor und dann auch nach seinem Referendariat als Vertretungslehrer an verschiedenen Berliner Schulen. Er bildete sich zum Mentor für angehende Lehrkräfte nichtdeutscher Herkunft weiter und betreute in dieser Zeit mehrere Mentees, die inzwischen selbst erfolgreiche Lehrkräfte sind.

Heute unterrichtet er als reguläre Lehrkraft Englisch und Spanisch am Askanischen Gymnasium in Berlin und leitet ein Seminar für angehende Spanischlehrerinnen und -lehrer, die er in ihrem Referendariat auf die Praxis vorbereitet.

Seit einigen Jahren hat sich eine dritte Leidenschaft zu den beiden anderen gesellt: das Schreiben. So ist er Autor zahlreicher didaktischer Publikationen für den Englisch- und Spanischunterricht, die beim RAABE Verlag und auf der Onlineplattform eduki erhältlich sind. Mit *Unser Lehrer Mr. G* hat er nun seinen ersten Roman veröffentlicht, in dem er seine persönlichen Erlebnisse und Erfahrungen als Lehrer, Mentor und Mensch verarbeitet.

Atillâ Aktaş ist verheiratet, hat ein Kind und lebt in Berlin.

WEITERE INFOS ÜBER ATILLÂ AKTAŞ:

Website: www.atilla-aktas.com

Instagram: @atilla_aktas_berlin

Outro

Mit diesem Buch ist ein Traum in Erfüllung gegangen. Auf dem Weg zu meinem ersten Roman haben mich viele Menschen gelehrt, inspiriert, ermutigt und unterstützt, denen ich an dieser Stelle meinen Dank aussprechen möchte.

Ohne meine Familie wäre ich nicht der, der ich heute bin. Meine Mutter lehrte mich bedingungslose Liebe, mein Vater den unschätzbaren Wert von Bildung. Für meine beiden jüngeren Brüder sollte ich immer ein gutes Vorbild sein, so dass ich schon früh so etwas wie der Lehrer in der Familie wurde.

Bei Gesprächen im Freundeskreis fällt mir immer wieder auf, dass es meist eine Lehrkraft war, die den ersten wichtigen Impuls gegeben hat, der sie in eine bestimmte Richtung gelenkt hat.

In der Schule war mein Deutschlehrer, Herr Bretthauer, der erste, der mir sagte, ich solle nicht aufhören zu schreiben.

In seinem Unterricht bekamen wir kreative Aufgaben, wie zum Beispiel Kurzgeschichten zu schreiben oder Rollenspiele zu erfinden. Ein Theaterstück, in dem ich die Hauptrolle spielen durfte, basierte sogar auf einer Geschichte, die ich zusammen mit einer Mitschülerin geschrieben hatte.

Später waren es drei andere Lehrerinnen, die mir durch ihr positives Feedback und ihre Ermutigung gezeigt haben, dass ich eine Gabe habe, die Stimmen der Menschen zu Papier zu bringen. Während meines Austauschjahres als Schüler in den USA war es Mrs. Bird in ihrem Kurs für kreatives Schreiben an der High School. An der Freien Universität Berlin war es im Englischen Elizabeth J. Erling im *Essay Writing* Seminar und im Spanischen María Jesús Beltrán Brotons im *Escribir de Cine* Seminar.

Ich danke meinen Jungs für ihre Geschichten, die sich mit meinen überschneiden. Jeder von ihnen ist ein Champion in dem, was er tut. Jeder von ihnen ist eine große Inspiration für mich.

Meiner Frau gebührt besonderer Dank für ihre Geduld, die sie, wie sie immer sagt, nicht hat. Sie hat mich vom ersten Manuskript bis zum fertigen Buch lesend begleitet und war immer meine erste Kritikerin. Mein Sohn lernt gerade lesen, aber er singt schon ein Lied mit dem Titel „Mr. G", das es gar nicht gibt. Ich danke Dir für die Freude, die Du in mein Leben bringst, *canım oğlum benim.*

Ich danke meinen Testleserinnen und Testlesern Jule Teufel, Eugene Boateng, Navid Akhavan, Willem Allroggen und Asya Tolaz und ganz besonders meiner Lektorin Christiane Ahumada. Sie alle haben mir wertvolle Rückmeldungen zu meinem immer weiter reifenden Manuskript gegeben, so dass meine Geschichten vor meinen Augen immer weiter aufblühten wie ein Garten voller Blumen im Frühling.

Das schöne Cover dieses Buches habe ich zwei sehr kreativen Menschen zu verdanken, die ohne Zögern meine erste Wahl waren: der Künstlerin Jule Lechelt-Kube und dem Grafikdesigner Deniz Gönüllü.

Ein ganz besonderer Dank geht natürlich an meine Schülerinnen und Schüler. Ohne sie hätte es dieses Buch nicht gegeben.

Printed in Germany
by Amazon Distribution
GmbH, Leipzig